U0133493

满族口头遗产传统说部丛书

天宫大战
西林安班玛发

富育光 讲述

荆文礼 整理

吉林人民出版社

图书在版编目（CIP）数据

天宫大战；西林安班玛发 / 富育光讲述；荆文礼
整理 . -- 长春：吉林人民出版社，2019.5
（满族口头遗产传统说部丛书）
ISBN 978-7-206-16911-3

Ⅰ . ①天… Ⅱ . ①富… ②荆… Ⅲ . ①满族—民间故
事—作品集—中国 Ⅳ . ① I277.3

中国版本图书馆 CIP 数据核字（2019）第 293933 号

出 品 人：常　宏
产品总监：赵　岩
统　　筹：陆　雨　李相梅
责任编辑：高　婷　卢俊宁
助理编辑：于　洋
装帧设计：赵　谦

天宫大战 西林安班玛发
TIANGONG DAZHAN XILIN'ANBAN MAFA

讲　述：富育光　　　　　　整　理：荆文礼
出版发行：吉林人民出版社（长春市人民大街 7548 号　邮政编码：130022）
咨询电话：0431-85378007
印　　刷：吉林省优视印务有限公司
开　　本：720mm×1000mm　　1/16
印　　张：18　　　　字　　数：310 千字
标准书号：ISBN 978-7-206-16911-3
版　　次：2019 年 5 月第 1 版　　印　　次：2019 年 5 月第 1 次印刷
定　　价：70.00 元

出 版 说 明

　　满族口头遗产传统说部是具有较高社会价值和文化价值的满族文化的百科全书。整理发掘满族说部的项目工作被文化部列为中国民族民间文化保护工作试点项目，并被国务院批准列入第一批国家级非物质文化遗产名录。

　　"满族口头遗产传统说部丛书"是千百年来满族各氏族对祖先英雄事迹和生存经验的传述，一代一代口耳相传，保留下来的珍贵的满族遗存资料。经过近三十年抢救整理，从二〇〇七年到二〇一七年的十年间，根据整理文本的先后，我社分四次陆续出版了五十部说部和三本研究专著。此套丛书无论从社会价值和文化价值来看，都是一套极具资料性、科研性和阅读性融为一体的满族文化的百科全书。

　　此次出版对以下两个方面做了调整：

　　一、在听取各方专家建议的基础上，对原丛书进行了筛选，选取最有价值、最有代表性的四十三部说部，删去原版本中与文本关系不紧密的彩插，对文本做了大幅的编辑校订，统一采用章回体表述方式，并按照内容分为讲述萨满史诗的"窝车库乌勒本"、讲述家族内英雄人物的"包衣乌勒本"、讲述英雄和历史人物的"巴图鲁乌勒本"、讲述说唱故事的"给孙乌春乌勒本"等，突出了说部的版本特色。

　　二、保留研究专著《满族说部乌勒本概论》，作为本丛书的引领，新增考古发掘的图片和口述整理的手稿彩色影印件。

　　特此说明。

吉林人民出版社

编 委 会

冯骥才

任何民族的文学都包括两大部分。一是个人用文字创作的、以书面传播的文学，一是民间集体口头创作的、口口相传的文学。后一部分文学是前一部分文学的源头，是根性的文学。中国作为东方文明的古国，口头文学的历史去之遥远。就像西方文学始于古希腊罗马的神话故事，我国文学史上第一部作品是《诗经》，即民间口头文学集，这表明口头文学是一个民族文学的源头。在漫长的历史中，这两部分文学一直同根并存，相互滋育，各自发展，共同构成一个民族文化与精神的极为重要的支撑。

中华民族有着巨大文学想象力和原创力。数千年间，各族人民以口头文学作为自己精神理想和生活情感最喜爱和最擅长的表达方式，创作出海量和样式纷繁的民间文学。口头文学包括史诗、神话、故事、传说、歌谣、谚语、谜语、笑话、俗语等。数千年来，像缤纷灿烂的花覆盖山河大地；如同一种神奇的文化的空气在我们的生活中无所不在；且代代相传，口口相传，直到今天。

我们的一代代先人就用这种文学方式来传承精神，表达爱憎，教育后代，传播知识，娱悦生活，抚慰心灵；农谚指导我们生产，故事教给我们做人，神话传说是节日的精神核心，史诗记录文字诞生前民族史的源头。它最鲜明和最直接地表现中华民族的精神向往、人间追求、道德准则和价值取向。中国人的气质、智慧、审美、灵气、想象力和创造力，充分彰显在这种口头的文学创造中。

这种无形地流动在民众口头间的口头文学，本来就是生生灭灭的。在社会转型期间，很容易被忽略，从而流失。

特别是在这个现代化、城市化飞速推进的信息时代，前一个历史阶段的文明必定要瓦解。口头文学是最脆弱、最易消亡。一个传说不管多么美丽，只要没人再说，转瞬即逝，而且消失得不知不觉和无影无踪，所以联合国教科文组织把口头传统和表现形式，包括作为非物质文化遗产媒介的语言列为非物质文化遗产之一。

在中国，有史诗留存的民族并不很多，此前发现的有藏族史诗《格萨尔王传》、蒙古族史诗《江格尔》、柯尔克孜族史诗《玛纳斯》、苗族史诗《亚鲁王》。作为满族民族历史和文化传统的重要载体——"说部"，是满族及其先民世代相传的极其宝贵的精神财富。它最初用"乌勒本"（满语 ulabun，为传或传记之意）指称，后受汉文化影响，改称为"说部"或"满族书""英雄传"。说部最初用满语讲述，至清末满语渐废，改用汉语并夹杂一些满语讲述。在漫长的历史进程中，满族各氏族都凝结和积累了精彩的"乌勒本"传本，如数家珍，口耳相传，代代承袭，保有民族的、地域的、传统的、原生的形态，从未形成完整的文本，是民间的口碑文学。"满族说部迥异于其他文类，不仅涵盖了口头传统，也吸纳了民俗学中多种民间文艺样式，包容性极强。"

我以为，对于无形地保留在人们记忆与口口相传中的口头文学，抢救比研究更重要。它是当下"非遗"工作的重中之重，要清醒地认识到文化和文明于人类的意义。当社会过于功利的时候，文化良知就要成为强音，专家学者要在抢救非物质文化遗产中勇于承担责任，走进民间帮助艺人传承与弘扬民间艺术，这也是知识分子的时代担当。

让人感到欣喜的是，经过吉林省的专家学者近三十年的抢救、发掘和整理，在保持满族传统说部的原创性、科学性、真实性，保持讲述人的讲述风格、特点，保持口述史的原汁原味的基础上，将巨量的无形的动态的口头存在，转化为确定的文本。作为"人类表达文化之根"的满族说部，受东北地域与多族群文化的影响，内容庞杂，传承至今已逾千万字。此次出版的《满族口头遗产传统说部丛书》为四十三部说部和一本概论。"说部"分为讲述萨满史诗的"窝车库乌勒本"、讲述家族内英雄人物的"包衣乌勒本"、讲述英雄和历史人物的"巴图鲁乌勒本"、讲述说唱故事的"给孙乌春乌勒本"四大部分。概论作为全套丛书的引领，从学术研究的角度对乌勒本产生的历史渊源、民族文化融合对其的影响、发展和抢救历程等多方面深入思考。

多年来"非遗"的抢救、保护、研究和弘扬，已取得卓越的成就。但未来的路途依然艰辛漫长，要做的事情无穷无尽。像口头文学这样的文化遗产的整理和出版，无法立即带来什么经济利益，反而需要巨大的投资和默默无闻的付出，能在这个物质时代坚守下来，格外困难。

文化传统和传统文化不是一个概念，我们的终极目的不是保护传统文化，而是传承文化传统。传统文化是固定的、已有既定形态的东西。我们所以要保护它，是因为这些文化里的精神在新时代应以传承，让我们的文化身份不会在国际资本背景下慢慢失落。

现在常把文化自觉与文化自信并提，这两个概念密切相关同时又有各自的内涵。文化自觉是真正认识到文化的重要性和自觉地承担；文化自信的关键是确实懂得中华文化所具有的高度和在人类文明中的价值。否则自信由何而来？

对传统文化的抢救与整理，不仅是为了传承，更为了弘扬。我们的民族渴望复兴，复兴的重要精神支撑在我们的传统和文化里，让我们担负起历史使命，让传统与文化为民族的伟大复兴发挥它无穷的力量。

冯骥才

二〇一九年五月

目录

天宫大战

西林安班玛发

天宫大战

满族萨满创世神话《天宫大战》的流传与传承情况

富育光

　　满族传统说部"乌勒本"故事，属于民族民间古老的口头艺术，故而非常讲究讲述的震撼力和情感的诱惑力。为了吸引族众对"乌勒本"的向往和思恋，往昔在传颂过程中，无论采用任何民间文学形式，均以满族各氏族特有的宣讲韵律唱讲。在长期讲述中创造出许许多多"乌勒本"咏唱旋律，由此也涌现出众多氏族"乌勒本"艺术传人。在满族世代传承下来的众多"乌勒本"咏唱故事中，应值得特别提及的是，长期流传在我国北方的满族先世黑水女真人《天宫大战》远古创世神话，其特征均属萨满教祭祀神祇，由萨满们代代唱咏不衰。往昔，生活在黑龙江沿岸一带满族诸姓氏，自清代乃至民国年间直至建国前，在北方诸噶珊春秋举行隆重祭祀时，常可听到萨满在族中击鼓讲唱以自然界众神宇宙鏖战为内容的《天宫大战》创世神话。世界、宇宙、人类是怎么创造出来的？造天造神运动是如何产生的？《天宫大战》都有详尽而生动的解答。这是北方先民脍炙人口、妇女老幼喜闻乐见的重要原始创世说，在中国北方神话学与民族民间口碑文学史中，占有一定地位，有着广泛的影响。《天宫大战》讲述了人类创世之初，善与恶、光明与黑暗、生命与死亡、存在与毁灭两种势力的激烈抗衡。萨满教观念认为，人类创世之初必有一番针锋相对的殊死搏斗，最终以真、善、美、光明获胜，万物才真正获得了生存的权利与可能，从而创造了人类世界。这种思想认识是健康的、向上的，是人类在艰苦崎岖的生存斗争中产生并积蓄了的开拓精神。正是这种勇武高尚的生存意识和观念，成为北方诸民族不惧客观世界各种自然力量的精神营养，深为各族人民代代传诵，喜闻乐道。

　　在萨满教数千年来的发展过程中，其对立的恶势力便是"耶鲁里"，其源很可能来自突厥语。因为除了通古斯语族的诸民族称恶魔为"耶鲁里"外，在突厥语诸民族甚至北欧有些民族也称恶魔的代表为耶鲁里[①]。耶鲁里，是自然界强大而无法抗拒的诸种自然力的象征。

在荒蛮的史前时代，人类渐从动物群中分离出来，智慧和生产技能长足进步，但对于抗御与应付千变万化的自然界的威胁，仍是相对软弱而无力的，自然而然地便感到怯懦恐慌，产生灾险莫测的心理，进而把这种异己的、神秘的、超越一切的自然现象人格化，幻觉中产生了相互抗争的两种人格化的神。并且按照人类现实生活中社会关系的实际态势，创造了阿布卡赫赫女神与恶魔耶鲁里，善与恶、正与邪两种力量的代表。从而，产生了原始祭祀及其朴实的神话。在通古斯古语中，称《天宫大战》故事叫"窝车库乌勒本"。满语"窝车库"汉意即指"神位""神板""神龛"。"窝车库乌勒本"汉意即"神龛上的故事"，也就是萨满传世的原始创世神话。它不同于后期一般的民间口碑传说故事，而是作为神的训谕弘布族众，故此带有十分庄重肃穆的原始宗教意义。

满族先世黑水女真萨满原始创世神话《天宫大战》，以它独有的神奇遐想和波澜跌宕的故事情节，并伴以优美动听、激情澎湃的满语咏唱古调为旋律，在我国北方满族先民中流传很广，世代传讲不衰，大约已有数百余年的传咏史。《天宫大战》故事，长期以来直到二十世纪三十到四十年代前后，还全用满语讲唱，最受北方满族族众虔诚崇拜，奉为"天书""神书""尊天敬地、怜爱众灵醒世录"[②]。多少年来，它向以其蛮荒古朴的艺术震慑力，深深吸引与感染着满族世代族人，令所有听者陶醉，顿觉自身已完全融入远古时期那充满传说时代特有的神秘氛围之中。聆听神圣的"窝车库乌勒本"《天宫大战》，既能品享满族萨满原始古歌的悠远意境，更可以领悟北方人类初期对客观生存世界的稚幼认识和理解，从而欣赏原始生民的神话理念，情趣儿横生，百听不厌。"观念是宗教的神话因素"[③]，"原始人的神话是他们的圣经和历史书，是他们礼仪的法典，是他们充满古代智慧的百宝箱和详细的心理学；最后的而不是无关紧要的，还是他们的笑料和智囊。这些神话都不是虚构的，不是异想天开的（像我们听时认为的神话）；它们对讲述者和听者来说，都是确实

[①] 引自20世纪30年代在伪新京（即今日长春市）出版的日文《满洲宗教志》。该书第三章第三节"萨满教的世界观"中，阐述满族萨满教中崇拜创世神祇耶鲁里，见第118—119页。

[②] 以上称谓，引自满族富察氏家存民俗资料笔记《瑷珲祖训遗拾》。

[③] （俄）《普列汉诺夫哲学著作选集》三卷，第363页，北京三联书店1962年出版。

的真事"①。满族萨满创世神话《天宫大战》故事，在满族世代族众的心目里，是被视为由萨满神灵授予的神圣无比的教科书，不敢亵渎。

据我童年记忆，满族先世萨满创世神话《天宫大战》在族中传讲，那可是非常神圣而隆重的一桩盛事，多在氏族萨满春秋大祭后一日或萨满祭天祭星同日，增设"窝车库乌勒本"祭礼。此项祭礼就是专门颂扬氏族初兴发轫的故事，即讲唱《天宫大战》。一般来讲，满族诸姓平时讲唱满族传统说部"乌勒本"，可请族中妈妈、玛发或萨满色夫们讲唱，若是讲唱"窝车库乌勒本"《天宫大战》则不同了，因它自始至终是在唱颂天地万物的众神谱，是讲述惠及人类的"神们的事情"。《天宫大战》中大大小小原始神祇多达数百位，都是满族萨满教神系中世代崇祭之各类大神，包括开天辟地的穹宇风云女神、人类生存其间的自然界所有天禽百兽虫属及山川花卉树木众神，不是任何族人都可以不分场合随意传讲的，必须要由族中最高神职执掌者，即德高望重的安班萨满玛发（即大萨满）才有口授故事和解释故事的资格，虔诚备至。往昔，萨满咏讲《天宫大战》，俨然如同阖族举行一次萨满颂神礼。故此，《天宫大战》故事在北方满族诸姓族众中，不仅记忆烙印深刻，而且名传遐迩。

笔者所采录之满族萨满创世神话《天宫大战》的流传地域，主要是居住在黑龙江省黑龙江畔瑷珲县大五家子、下马场、蓝旗沟、孙吴县四季屯、大桦树林子、小桦树林子、霍尔莫津等满族众姓之中。这些家族多系清康熙年间为抵御沙俄入侵，由宁古塔（今宁安市）等地奉旨北上永成瑷珲的。经多年社会调查证实，《天宫大战》创世神话最初产生具体地域已无法稽考，但从新中国成立以来我国北方满族民间文学集成整理状况分析，满族先民萨满教远古创世神话传播区遍布黑龙江、乌苏里江及东海窝稽部等流域。近年发现黑龙江省宁安市民间文学三套集成出版的满族民间故事集已收入宁安地方满族民众传讲的《天宫大战》，可见在宁安地区满族口碑流传中已久有流传，深入民心②。在黑龙江省瑷珲、逊克、孙吴等县满族诸姓氏中，《天宫大战》创世神话亦是为人们所熟知的重

---

① （德）利普斯著《事物的起源》，第353页，四川民族出版社1982年出版。

② 笔者于1988年夏在宁安曾与黑龙江省满族故事家傅英仁先生谈起《天宫大战》故事。据老人介绍，宁安流传的《天宫大战》故事，主要源自满族张姓等家族，其祖上在清康熙朝成边瑷珲，后来迁回宁安，可见故事来源仍出自黑水流域。傅英仁先生从张姓家族搜集整理，收入故事集中。参见1998年黑龙江人民出版社出版《宁安民间故事集成》一书；此外，在黑龙江人民出版社2005年出版傅英仁先生讲述、张爱云整理的《满族萨满神话》一书中，首篇《老三星创世》《阿布卡赫赫创造天地人》等都是著名的《天宫大战》故事。

要传承区域。本篇"窝车库乌勒本"，即满族萨满创世神话《天宫大战》故事，就是由生活在黑龙江地区的满族，如满洲巴林哈喇、萨克达哈喇、章佳哈喇、瓜尔佳哈喇等姓氏，世代传播，一直讲唱不衰并较完好地保存下来的口传原件。上述这些满族姓氏，清康熙年间多居住在黑龙江北岸，耕牧为生，均系清光绪二十六年庚子俄难，由"江东六十四屯"逃难过来的。在二十世纪三十年代期间，他们富有特色的动人古歌，被生活在当地的满族文化人氏吴纪贤先生和富希陆先生所注意，首先采录居住在孙吴县四季屯满族阎铁文、关锁元之父讲唱的《天宫大战》片断①，经过调查访问，他们又找到一位满族杰出的文化传承人——孙吴县四季屯著名老猎手白蒙古，于伪满康德六年住在白蒙古独身居住的地窖子小茅屋里，听他一口口地咏唱，认真记录下来的。白蒙古，本名叫白蒙元，巴林哈喇，满洲正白旗人，一生擅套狍子，又嗜酒，绰号"白蒙古"，赞其猎技像蒙古猎手。祖籍黑龙江以北"江东六十四屯"的桦树林屯。清光绪二十六年庚子俄难，白蒙元父母及兄妹惨死，他随可怜的病爷爷逃过江来，同族父老可怜他们老幼无靠，带到鱼米富庶的四季屯安家落户。白蒙元靠卖苦工度日，穷困潦倒，终身未婚。爷爷曾是江东地方著名大萨满，一生擅长讲唱满族古歌，虽病逝有年，却给白蒙元留下了珍贵的文化记忆，从爷爷处传下闻名的"窝车库乌勒本"《天宫大战》神歌九大"腓凌"（章节），附近妇孺皆知，受人崇敬。他为人豪爽，喜酒好唱，嗓音甜美，保留众多满族动听的民谣小调和数不清的满族神话故事。他一生中除了在田间劳作外，剩下所有的时间就坐在黑龙江边、兴安岭密林中，边喝酒，边烧烤鱼干、兔肉、野鸡、鹌鹑等，用自己做的桦木狍筋琴，边饮边唱，他在哪里，那里必围有不少人，都喜欢叫他"疯阿古"。逢年遇节，屯里人齐聚他的马架子小房内外，里三层外三层地听他敲着有无数小铜环的马鹿哈拉巴骨咏唱"乌勒本"神曲，将满族先世黑水女真人古代"博德音姆女萨满窝车库乌勒本"传了下来。创世神话《天宫大战》，在黑龙江一带满族老户中，有多种传本。在除前文所述满族阎姓、关姓、富姓、吴姓、祁姓等家族中，也有讲述人之外，不过，都没有白蒙元传本完整。

　　说起白蒙元，一生坎坷，晚年境遇亦令人惋惜。白蒙元是在黑龙江一次发大水的时候，到地窖子里去给扛活的主人家寻找刚生下牛犊的母

---

① 参见富育光著《萨满教与神话》，第246-247页，辽宁大学出版社1990年10月出版。

牛和牛崽，在赶牛回来的路上，母牛不听话，在遍野大水中跑着护崽，"疯阿古"追赶时不慎一下子掉进沟塘，七八天后才被村里人发现。一代著名的满族民间歌手就这样陨灭了，死时仅六十多岁。此次出版的《天宫大战》，是吴纪贤和富希陆两位先生于二十世纪三十年代，在孙吴县四季屯听白蒙古咏唱记录下来的。富希陆先生慎重珍藏。一九九〇年辽宁大学出版社出版笔者的《萨满教与神话》，将先辈珍藏有年的当年忠实记录下来的部分原型文字悉数公布了出来，本人未作任何改动。此次除按先父原始记录文本唱诗体形式公布外，并将先父当年记录时所记述的汉字标音满语亦整理出来，只可惜多有散失，为保持原貌，亦一并公布出来。此外，为使读者全面了解《天宫大战》故事在我国北方现代传播情况，特将《中国民间故事集成·黑龙江卷》及傅英仁先生发表之《满族萨满神话》等有关资料，亦汇集一起刊出，以供研考。

二〇〇八年十月三十日

引　　言

　　我现在讲神龛上的故事。今天是吉祥的时刻，正逢新年新月来临之际，农家喜事多了，江鱼成群了，五畜兴旺了，粮食满囤了。玛发、妈妈都乐开了花，哈哈济、赞汗济都健壮平安哪！我借这个机会给爷爷、奶奶、阿哥们讲神龛上的故事《天宫大战》。《天宫大战》故事，一共分九腓凌，什么叫"腓凌"？腓凌是满语，也是女真语，译成汉语就是"回"或者是次序、几篇之意，也可以解释为一个单元，一个段落。

　　各位妈妈、玛发、阿哥们，我在唱头腓凌，即第一个单元唱的头一段之前，先讲唱《天宫大战》的引子：

> 从萨哈连下游的东方，
> 走来骑九叉神鹿的博额德音姆萨玛①。

　　博额德音姆是女真语，原来土语的意思是"回家来的人"，也就是说，从自己家里走出去了、又在深夜回家来的一位大萨玛。博额德音姆萨玛，是已经逝去的本氏族的一位女大萨玛，是她的萨玛魂魄传讲神龛上的故事。博额德音姆萨玛本身是一位才艺卓绝的歌舞神，又是记忆神，对她的神话传说很多。相传，博额德音姆附体于萨玛之后，便要歌唱、舞蹈，通宵欢唱，歌喉婉转，从不知疲惫。她喜动不喜静，能用木、石敲击出各种节拍的动听音节，能张口学叫各种野山雀的啼啭声，"啾"——，同山雀啼啭声别无二样，就像鸟叫似的，嘀喽，嘀喽，非常欢快，特别动听。她能站在猪身上做舞，猪不惊跑，也不把她摔下去，这是一股神劲。更惊奇的是，她魂附萨玛体后，你若问这个萨满族人，本部族中的某支某人某代佚事，她能滔滔而诉，时间、数字都不错。所以，往昔萨满祭

---

① 萨玛是北方民间习惯的称呼，近三十年来才改称萨满，为保持原貌，仍称萨玛。

祀时，若要查访牲畜失落方向或祖坟地址、原祖居地河口、祖谱远代宗嗣接续不清或生疑窦，便要迎请白发女神博额德音姆萨玛，降临神堂，指点迷津。故此，博额德音姆萨玛备受满族诸姓萨玛和族众的崇仰。

下面，白蒙古老人用满语讲唱博额德音姆大萨玛传唱的神龛上的故事：

萨哈连乌拉　都音　佛勒滚　托克索

满朱　巴林哈拉　蒙库禄玛发

窝车库乌勒本　昂阿给孙勒勒

德力给衣　顺恩都力额勒顿　格色巴那　姑巴其　若索赫

博额德音姆　安班萨玛　额勒　瓦吉黑牙莫　格木　阿木
孙突比赫

穆克德浑衣　库瓦兰　德勒　格木　比拉哈

安班阿斤　蒙温阿苏　巴哈莫　吉赫

额姆格里　沙音辛搭哈

西　额勒　奥莫都伦巴　特莫雅鲁赫

箔　德力格奥姆　抽蒙温巴　德勒其　西　布莫　阿苏
吉哈

西　阿苏　巴哈莫吉哈

唐古　蒙温　阿林车其克必

热箔纯嘎　夫勒尖　乌朱　布勒痕

德色　瓦吉黑牙莫　格木　它库兰

德色　西其　恩都力尼玛琴　衣　吉勒冈　衣吉斯浑　达
哈斯浑

东其莫　布哈

额姆给衣　库瓦莫　乌春勒克

其玛力　库瓦莫　乌春勒克

其玛力　莎衣康霍绰　依能给

汉语译文：

黑龙江四季屯满族白蒙古老人讲"窝车库乌勒本"，即神龛上的故事：

犹如东方的太阳神光，

照彻大地。

博额德音姆
安班①萨玛哪，
现在，
所有的供果，
都摆上了祭坛，
千网得来的安班阿斤②，
已经供奉上了。
这是你的海中坐骑，
我们是从两千里外的东海
　　给你网来的。
还有百只、千只山雀，
美丽的红顶鹤，
都是你的使者。
它们听从你的神鼓的声响，
一起鸣唱，
鸣唱明天，
明天美好的日子。

　　以上是咏唱创世神话的开篇，都是用满语讲唱的，满语的音节舒缓有序，音韵铿锵有力，声调好听，情感深沉，像有无形的魔力，使听众全神贯注，进入祭祀的氛围之中。每当萨满唱起神龛上的故事，唱起"天宫大战"时，确有令全座听众迷醉的魅力，如聆听家珍。很多人都把它记在心上，印在脑海里，随时即兴讲述，即兴咏唱。这是满族先民脍炙人口的萨满美丽神话的集锦。

---

① 安班：满语，大。
② 安班阿斤：满语，大鳇鱼。

第一章 乌朱腓凌

萨哈连其　安班　佛车勒给恶任　衣　德勒给　德勒
亚步黑　恩都力布库　亚路哈　衣　博额德音姆萨玛
阿布卡德勒必　包春郭　夹克山　吉勒达里　额林德
萨哈连　木克　拙勒坤衣尔哈　郭多母比　额林德
阿布卡德勒比　艾新阿斯哈　木都呼　丹母哇西哈　额林德
木衣山嘎　多罗　都音勒德赫　蒙温梅赫米出莫　突其克
额林德
玛卡　乌都扎兰妈妈　包衣阿尼亚　唐古色　分车母哈
夫勒尖包辍　扎鲁其拉　克里
沙延夫尼也赫　扎鲁乌朱　阿尼亚巴彦　额图浑　克里比
德勒衣　窝离胡顺　恩都力夹昆　布么乌鲁
德勒衣木克　尼玛哈恩都力　布么乌鲁
德勒衣恩都力阿尼亚　阿布卡恩都力　布么乌鲁
德勒衣　乌春衣　包霍毛　唐古嘎思哈　布么乌鲁
德勒衣　德莫林　唐古古鲁古　布么乌鲁
唐古额勒德木　则木其　恶赫
唐古　阿里　包锁霍
唐古　白搭　申克　孙克
唐古　忙嘎　图发莫　沙哈
冶拉器　恩都力给孙　多德恩比
吉勒敏　布任必　乌克苏拉
德里给德勒　衣　顺恩都力额勒德恩　安班巴那　夫顺哈
额能给　沙比　衣　依能给　额林德
依车比牙　依车阿尼亚　吉哈
乌忻巴彦　乌拉尼玛哈巴彦　乌离巴彦　哈哈沙里甘

居　多罗库鲁

　　比恩都力给孙箔　窝车库　乌勒本　给苏勒勒

　　嫩德　博额德音姆萨玛恩都力乌勒本　恩都力克朱勒勃

　　达呼莫　给孙勒勒

汉语译文：

头腓凌①

从萨哈连②下游的东方，

走来骑九叉神鹿的

　　　博额德音姆萨玛——

天上彩霞闪光的时候，

萨哈连水跳着浪花的时候，

天上刮下来金翅鲤鱼，

树窟里爬出来四腿的银蛇。

不知是几辈奶奶管家的年头，

从萨哈连下游的东头，

走来了骑着九叉神鹿的

博额德音姆萨玛，

百余岁了，

还红颜满面，

白发满头，

还年富力强。

是神鹰给她的精力，

是鱼神给她的水性，

是阿布卡赫赫给她的神寿，

是百鸟给她的歌喉，

是百兽给她的坐骑。

百枝除邪，

---

① 腓凌：系满语，即回或次序之意。

② 萨哈连：满语，即黑龙江。

百事通神，

百难卜知，

恰拉器①传谕着神示。

厚爱情深啊，

犹如东方的太阳神光

照彻大地……。

这是《天宫大战》头一段落的原文唱词。从与后八个段落相比，很明显地可以发现，本段情节内容过于简单，只是一般介绍。为此，笔者曾向当年采录者——先父富希陆先生请教。据先父介绍，他与吴纪贤先生俩人在访问讲述者白蒙元老人，并且记录他讲述的窝车库乌勒本《天宫大战》时，老人对头腓凌唱词已经记忆不十分清楚了。现在保留的内容，就是当年记录下来的原词。白蒙元老人是完全用满语讲述窝车库乌勒本的。当然，他也会说汉语。采录时，他们三人是用满汉两种语言互相交流着，边谈边记录的。记录时采用了汉字标音满语记录，以后他们又译出汉语窝车库乌勒本《天宫大战》。

---

① 恰拉器：萨满祭祀时使用的扎板，拍击出节拍，伴奏用。

第二章　拙腓凌

兰衣　朱勒革　唉必

朱勒古　朱勒古　额林德

乌鲁　阿布卡阿户　巴那阿户

木克　窝本刻　乌鲁

阿布卡　木克　格色

木克　阿布卡　格色

阿布卡木克　朱禄　西兰毕

木克　额任　标勒色莫　格色

木克　窝本刻　苏都哈毕

木克　窝本刻　拉巴都

木克　窝本刻　都林巴　阿布卡赫赫　板金布哈

衣　木克衣　窝木刻　阿沙格　格色

衣　窝木毕　额勒巴宁　额勒安巴

木克　巴那　毕

木克　窝木刻　巴那　毕

阿布卡赫赫　乌合里　毕

衣　阿济格　阿济格　木克　塔娜　格色

衣　郭勒敏　郭勒敏　得恩　安巴扎兰

衣　安巴阿布卡扎兰　库布林　额赫勒毕

衣　箔热　德顿恩刻衣　扎兰　诺毕

衣　箔热　津其　木克　多罗　苏木其

巴那阿户　必阿户

巴那阿户　必阿户

衣　箔热发扬阿　拖莫勒浑　沙拉库

阿济格　木克塔娜德

那丹布出　恩都力　额勒特恩

乌鲁　拖莫勒浑　团必

衣　苏克顿　图门围勒　母特莫　班金哈

额勒特恩　图门白塔　母特莫　班金　箔热图门白塔

母特莫　班吉哈　安巴扎兰　多里　图门围勒　乌木西拉巴都

包拉阔　突兰给　特勒痕赫

包拉阔　包拉阔　洼西哈

特勒痕　特勒痕　洼西毕

额勒特恩克　洼西哈　它拉芒苏克敦　洼西毕

德勒给　包拉阔　窝吉勒　突兰给

额德克　阿布卡赫赫　窝吉勒箔热　巴那姆赫赫　沙勒甘

恩都力

瓦卡查莫　班吉哈

额德克　包拉阔　额勒特恩克　阿布卡　包哈　包毕

突兰给　它拉芒　那　包哈

阿布卡巴那　恩都林威　必赫

包拉阔　包拉阔　苏克敦乌鲁

沙延　额勒特恩革混　乌鲁

苏克敦　阿布卡德诺哈

额勒特恩　额勒特恩德　沙旦哈

苏克敦　其薄中　额勒特恩　哈勒混

苏克敦　衣立非　额勒特恩　牙步哈

苏克敦　衣　额勒特恩　朱禄　特莫涩哈

苏克敦　衣　额勒特恩　特勒肯　阿拉差哈

乌特海衣

阿布卡赫赫　德勒给　箔热

卧勒多妈妈　沙里甘　西力恩都力　瓦卡查莫　班金哈

乌勒滚　库离布莫　衣立勒库

阿布卡巴那德

苏勒德哈　革痕额车勒莫　卡达拉哈

阿布卡赫赫

巴那姆赫赫

卧勒多赫赫　革色箔热

革色夫勒赫　格色　突其簿　革色　依勒都哈革色　突其簿
革色比
革色班金哈　革色　达巴库离
阿布卡衣　苏克敦　突给　班金哈
霍缩离　霍洛涩力　班金哈
卧勒多　阿布卡赫赫　衣牙沙　白达哈
顺　比牙　那丹那拉呼　发拉布莫
班金哈
依兰恩都力　郭达莫　班金哈
郭达莫　胡瓦萨哈
胡瓦萨哈　安巴　明安必

汉语译文：

贰胙凌

世上最先有的是什么？
最古最古的时候是什么样？
世上最古最古的时候
　　是不分天、不分地的水泡泡，
天像水，
水像天，
天水相连，
像水一样流溢不定。
水泡渐渐长，
水泡渐渐多，
水泡里生出阿布卡赫赫。
她像水泡那么小，
可她越长越大。
有水的地方，
有水泡的地方，
都有阿布卡赫赫。
她小小的像水珠，

她长长的高过寰宇，
她大得变成天穹。
她身轻能飘浮空宇，
她身重能沉入水底。
无处不在，
无处不有，
无处不生。
她的体魄谁也看不清，
只有在小水珠里
　　才能看清她是七彩神光，
白蓝白亮，
湛蓝。
她能气生万物，
光生万物，
身生万物。
空宇中万物愈多，
便分出清浊，
清清上升，
浊浊下降，
光亮上升，
雾气下降，
上清下浊。
于是，
阿布卡赫赫下身
　　又裂生出巴那姆赫赫①。
这样，
清光成天，
浊雾成地，
才有了天地姊妹尊神。
清清为气，
白光为亮，

---

① 巴那姆赫赫：地神，也是一位女神。

气浮于天
光游于光，
气静光燥，
气止光行，
气光相搏，
气光骤离，
气不束光。
于是，
阿布卡赫赫上身
　　裂生出卧勒多赫赫①，
好动不止，
周行天地，
司掌明亮。
阿布卡赫赫、
巴那姆赫赫、
卧勒多赫赫，
同身同根，
同现同显，
同存同在，
同生同孕。
阿布卡气生云雷，
巴那姆肤生谷泉，
卧勒多用阿布卡赫赫眼睛
　　发布生顺、毕牙、那丹那拉呼②，
三神永生永育，
育有大千。

---

① 卧勒多赫赫：也叫希里女神。相传，她背着皮褡裢带，每当夜晚往天上撒满星斗，即布星女神。

② 顺、毕牙、那丹那拉呼：满语，即日、月、小七星。

第三章　依兰腓凌

扎兰唉　哈哈必

唉　赫赫必

乌米雅哈　古鲁古必

沙勒卡奔必

阿布卡赫赫　巴尼泰　郭心哈

巴那姆赫赫　巴尼泰　勃里任

卧勒多赫赫　巴尼泰　哈坛

都勒　依兰恩都力

班金白塔　阿昌户顺　依思混德

布拉初合

巴那姆赫赫　阿母嘎　革德拉库

阿布卡赫赫　衣　卧勒多赫赫

朱恩都力　尼亚勒玛箔　阿兰哈

特勒窝郭罗

乌合力　赫赫

班金莫　吉合

赫赫巴尼泰　郭心哈衣　哈坛

巴那姆赫赫　革特恩必

尼亚勒玛　白搭　郭心　阿勒哈　额云嫩　吉哈

达哈莫　额勒特恩阿户　班金哈

阿布卡嘎思哈　巴那古鲁古　包浑乌米雅哈　班金哈

依浓给　乌勒滚阿木嘎

牙木吉　吉莫阿沙桑

达哈莫　阿布卡赫赫　衣巴尼泰　郭心阿户

依斯浑德　阔刻勒莫　依斯浑德　哲克

乌朱雅哈　衣　阿济格古鲁古　额勒德恩　依斯春

特恩特克　革离　阿达拉莫　哈哈必

阿布卡赫赫　扎兰特赫赫　班金莫　乌鲁依　团哈

箔热其　额姆牙利　傲钦沙里甘恩都力　班吉嫩哈

那丹乌朱　班吉哈

额勒　乌朱　必　阿木嘎

乌朱莫　阿木拉库

卧勒多其　箔热　牙利　布哈

扎坤　达巴西　阿木拉库

比西勒勒　嘎拉　随拉莫

特热必　比西勒勒　衣　嘎拉　随拉莫　做布母哈

衣突瓦给都哈　巴那姆赫赫　箔热　额箔勒

巴那姆赫赫　额衣其薄　艾其薄　阿琴布莫　阿木拉库

额勒　阿布卡赫赫　衣　卧勒多赫赫　革木　巴那姆赫赫
哈哈箔　阿拉哈

巴那姆赫赫　箔热　额箔勒必　敖钦沙勒甘恩都力　阿木嘎沙
拉库

额云嫩　霍敦哈哈箔　阿拉库　索勒给布哈

衣　额木哈拉巴衣　窝赫夫尼叶赫　扎凡必

嘎拉衣昌卡　额克涩拉库

额云嫩　衣　郭心牙利

哈坛牙利　额木哈哈　门其莫　班吉纳哈

图特都　哈哈　巴尼泰哈坛　尼雅满郭心

箔热　额都浑朱克都　赫赫其

薄达哈莫　吉兰给　班吉纳哈　乌鲁

哈哈赫赫　郭罗　夫尼叶赫　拉巴都

哈拉巴　巴那姆赫赫　箔热　哇拉　给德布哈

哈拉巴　其发航必

突德都　哈哈其赫赫　其发航　拉巴都

尼雅满　赫赫其　哈卡桑额合

阿布卡赫赫　给孙额勒　哈哈阿户

哈哈衣赫赫　松郭离　喀突巴

卧勒多赫赫　哈哈　唉突伦　沙拉库

巴那姆赫赫　阿布卡嘎思哈　巴那吉鲁古　薄得乌米雅哈

塔其莫　郭心哈　哈哈　阿拉哈

哈哈　额木索索毕箔

衣额木牙利　扎发哈

木克尼热赫　衣　赫夫里多罗　扎布卡

图特都　木克　尼热赫　衣　索索　赫夫里　多罗　班金哈

额云嫩　额木衣该力　瓦卡　乌鲁阿户　特克新　给苏勒克

衣额木　那拉浑　吉兰给　母克山　箔热　额尼热痕布库

赫夫里多罗　瓦拉　扎布卡

额尼热痕布库　木罕布库　库布林色克

额勒其　朱勒西

西勒嘎布库　交狎达狎　衣木罕　索索　尼莫楚克　乌勒莫　格色

塔春其阿库

额云嫩　拉巴都　房缠库　额勒额林德　巴那姆赫赫　给达母哈

箔热　比干勒夫　都给郎刻　德里额木　索索本克德　木克德　凯哈

哈哈都给　郎刻　德里特布哈

图特都　哈哈衣索索　勒夫衣索索　郭勒敏　窝浑伦　都伦　格色

勒夫其　箔热德勒　朱凡凯哈　乌鲁

汉语译文：

叁腓凌

世上怎么有了男有了女？

有了虫兽？

有了禀赋呢？

阿布卡赫赫性慈，
巴那姆赫赫性酣，
卧勒多赫赫性烈。
原来三神生物相约合力，
巴那姆赫赫嗜睡不醒，
阿布卡赫赫和卧勒多赫赫
　　　两神造人。
最先生出来的全是女的，
所以，
女人心慈性烈。
等巴那姆赫赫醒来想起造人事，
姐妹已走，
情急催生，
因无光而生，
生出了天禽、
地兽、
土虫，
都是白天喜睡，
夜出活动。
因无阿布卡赫赫的慈性，
相残相食，
暴殄肆虐，
还有虫类小兽惧光怕亮，
癖好穴行。

那么又怎么有了男人呢？
阿布卡赫赫见世上光生女人，
就从身上揪块肉
　　　做个敖钦女神，
生九个头，
这样就可以有的头睡觉，
有的头不睡觉。
还从卧勒多女神身上要的肉，

给她做了八个臂，
有的手累了歇息，
有的手不累辛勤劳碌，
让她侍守在巴那姆赫赫身旁，
使巴那姆赫赫总被推摇，
酣不成眠。
阿布卡赫赫、卧勒多赫赫
　　这回同巴那姆赫赫造男人。
巴那姆赫赫身边
　　有捣乱的敖钦女神，
不得酣睡，
姐妹在一旁催促快造男人，
她忙三迭四不耐烦地
　　顺手抓下一把
　　肩胛骨和腋毛，
和姐妹的慈肉、烈肉，
揉成了一个男人，
所以，
男人性烈、心慈，
还比女人身强力壮，
因是骨头做的。
不过是肩胛骨和腋毛合成的，
所以，
男人身上比女人
　　须发髯毛多。
巴那姆赫赫躺卧
　　把肩胛骨压在身下，
肩胛骨有泥，
所以，
男人比女人浊泥多，
心术比女人叵测。
阿布卡赫赫说：
男人不同女人在哪啊？

卧勒多赫赫也不知男人啥样？
巴那姆赫赫便想到
　　学天禽、
　　地兽、
　　土虫的
　　模样造男人。
男人多一个"索索"①，
她抓身上一块肉，
闭着眼睛一下子
　　安在山雉乌勒胡玛身上。
所以，
山鸡屁股上
　　多个鸡尖和一个小肉桩；
姐妹说安错了，
她又抓下一块肉
安进水鸭子肚底下，
所以，
水鸭类的"索索"，
都长在肚腔里；
姐妹又埋怨安错了，
她抓下一块细骨棒
　　摁到了身边的母鹿肚子底下，
母鹿变成了公鹿。
从此凡是獐鹿狍犴类
　　雄性的"索索"像利针，
常在发情时刺毙母鹿，
锋刃无比。
姐妹俩又生气说给安错了，
巴那姆赫赫这时才苏醒过来，
慌慌忙忙从身边的
　　野熊胯下要了个"索索"，

---

① 索索：满语，男性生殖器。

给她们合做成的
　　男人型体的胯下安上了。
所以，
男人的"索索"，
跟熊黑的"索索"
　　长短模样相似，
是跟熊身上借来的。
所以，
兽族百禽比人来到世上早。

第四章　都音腓凌

扎兰德　达德里奔　耶鲁里　阿达拉莫　班金必

乌莫西　额勒赫　窝恩浑　衣巴干胡涂　窝乌鲁

敖钦　沙里甘恩都力　乌云乌朱

百塔　郭你哈　唐嘎恩哈　唐古古鲁古　都伦特恩哈

亚沙额林德　毛楼哈必

山额林德　顿吉哈必

窝佛洛　额林德　里　顿其哈必

昂阿　额林德里哲克必

图特都　衣　唐古嘎思哈　唐古古鲁古　拉巴都　沙延　它其哈必

莫勒根　乌拉黑苏　衣　额思勒痕

衣　嘎拉　巴那姆赫赫　额林德里　阿琴给布哈

衣　巴那姆赫赫　额衣其薄　图哇给扬哈

若罗若克托　阿库额衣其箔　巴勒给扬哈

额莫母　额林德　吉利班金莫　沙吉勒沙哈

衣　箔热　阿布卡赫赫　衣　卧勒多赫赫　吉赫

突给苏克顿衣　哈坛拖阿　发利良哈

巴那姆赫赫　衣　额勒浑　农嫩嘎

巴那姆赫赫　衣　额勒浑　农嫩嘎

巴那姆赫赫　达勒　敖钦赫赫恩都力　依差浑沙哈

吉利苏克敦　瓦拉

箔热德勒衣　安巴　阿林哈达　百达拉莫　突哈

突姆　朝克其黑扬　敖钦赫赫恩都力　乌朱　衣　额姆威赫

阿布卡　卧勒多　色合浑　西西哈

阿楚　额姆　安巴　朝克其黑扬　敖钦赫赫恩都力　衣　赫夫

里瓦拉　给达布哈

索索　额赫勒哈

敖钦赫赫恩都力　吉朝克黑扬　突布哈

恩都力都伦　诺哲　额赫勒哈

额姆威赫　乌云乌朱

扎坤　达巴西衣　吉巴尼泰　阿拉顿嘎

衣箔热　索索必

箔热　母特莫　班金哈

箔热　母特莫　呼瓦沙哈

革离必箔　阿布卡赫赫　卧勒多赫赫　巴那姆赫赫

箔热达拉　吉兰给牙利　发扬嘎必

乌云乌朱必

唐古发卡西　唐古额勒德姆　发卡莫　塔其哈

威赫必　阿布卡　卧勒多　安巴巴那　卡卢莫　额夫勒哈

巴那姆赫赫　阔罗　吉达拉哈

巴那姆赫赫　额夫罗　多罗　衣薄莫　额鲁沃德哈

衣　箔热　班金哈　箔热　呼瓦萨哈　布朱巴加德母恩都
力　衣特勒　阿达利　班金哈

额勒　乌云乌朱胡涂　衣巴干　耶鲁里　安巴恩都力

衣　巴尼　突佛卡给

苏克敦　马牙哈　阿布卡　母克敦哈　额勒突斯深

衣　额勒敦　马牙哈　顺　母特莫多其哈

衣　威赫　白塔哈　母特莫　巴那　多其哈

衣兰赫赫恩都力　依色拉库

额勒门嘎

赫赫　恩都林克　给达涩莫完哈

巴那母赫赫　黑离　阿木嘎　额给沙卡　母特拉库

耶鲁里　安巴恩都力特勒　那　古里布

哈莫阿林　阿金给扬莫　德克德布哈

额顿扎克占　都音　西察莫

顺　比牙　额勒德恩　阿户

德音乌西哈　阿布卡　扎鲁伦嘎

图门扎卡　都箔哈

汉语译文：

肆腓凌

世上最早的恶魔怎么生的？
最凶的魔鬼是谁？
敖钦女神九个头颅，
想的事超过百禽百兽，
眼睛时时有睁着的，
耳朵时时有听着的，
鼻子时时有闻着的，
嘴时时有吃东西的。
所以，
她把百禽百兽的智慧和能耐
　　都学通了，
她的手时时推摇巴那姆赫赫，
练得力撼山岳，
猛劲无穷。
她总看守巴那姆赫赫，
也甚觉没趣，
有时就发怒吼闹。
因她身子来自
　　阿布卡赫赫和卧勒多赫赫
　　吐出的云气和烈火，
更伤害巴那姆赫赫的宁静。
巴那姆赫赫本来就
　　烦恶敖钦女神，
一气之下用身上的
　　两大块山砣子打过去，
一块山尖变成了
　　敖钦女神头上的一只角，
直插天穹；

另一块山尖
　　　压在敖钦女神肚下，
变成了"索索"。
敖钦女神被两块山尖一打，
马上变了神形，
一角九头八臂的
　　　两性怪神。
她自己有"索索"，
能自生自育，
又有阿布卡赫赫、
卧勒多赫赫、
巴那姆赫赫
　　　身上的骨肉魂魄，
又有九头学到
　　　百能百技，
有利角可刺破
　　　天穹大地，
刺伤了巴那姆赫赫，
钻进巴那姆赫赫肚子里。
她自生自育，
生出无数跟她一样的怪神。
它就是九头恶魔神
　　　无往不胜的耶鲁里大神。
它性淫暴烈，
能化气升天，
能化光入日，
能凭角入地，
对三女神毫不畏惧，
反而欺凌诸女神。
巴那姆赫赫再不能
　　　宁静酣眠了，
耶鲁里大神闹得她，
地动山摇，

肌残肤破，
地水横溢；
闹得风雷四震，
日月无光，
飞星（流星）满天，
万物惨亡。

第五章　孙扎腓凌

扎兰德　乌莫西朱勒革　夫莫勒磨　阿发汉　唉　乌楼

扎兰德　乌莫西付卢　发离亚太　特母涩哈　唉　乌楼

乌云乌朱　敖钦赫赫恩都力　额姆威赫

乌云乌朱　箔热班金哈　箔热　呼瓦萨哈　必

额赫　依巴干耶鲁里　阿拉顿嘎

依兰赫赫恩都力　哈达萨莫　朱布奔哈

卧勒多　箔热　阿里莫　凯莫　巴克其拉库

衣　卧勒多赫赫　额姆　乌西哈　苏户　阔其户　必　萨哈

乌特海　衣　乌云乌朱　乌云额勒顿　乌西哈

阿拉布嘎顺　阿达离格色

阿布卡德勒　专顺　必　格色

阿布卡赫赫　卧勒多赫赫

佛勒滚　窝楚克　沙苏勒莫　果洛哈

卧勒多赫赫　阿兰固其库　霍敦　白搭哈

乌云　革痕　格讷莫　特布赫

革痕乌西哈　特布赫

衣　阿拉冈　乌能莫　牙布哈

卧勒多赫赫　巴那瓦吉勒　衣薄莫　乌朱拉布哈

额勒　安巴　乌朱　若黑

突勒　耶鲁里　乌朱乌云毕　特勒　耶鲁里

安巴胡顺　恩都浑

卧勒多赫赫　窝勒其　额赫勒哈

卧勒多赫赫　阿布卡巴那　额勒顿克根吉任　牙布卡　依奴

衣　巴那姆赫赫　赫色　夫勒赫　额云嫩卡依奴

耶鲁里　额勒　巴那瓦拉　霍离布赫

衣额勒顿嘎　若梭哈

耶鲁里　乌云乌朱德勒　亚莎　哥恩吉任　阿户

乌朱　否革哈　嘎拉都巴　霍敦　扎发哈　非牙　乌西哈
恩都力

固其库箔　霍敦　敦吉哈

德里给其　瓦勒给　敦吉莫　吉格讷哈　依奴

乌西哈扎发哈　赫赫恩都力　德力给其　瓦勒给　德勒其
敦其哈

乌西哈　固其库箔　巴哈拉

额勒其　乌西哈　德力给　木克德恩哈

德里给　其　库衣布莫　胡里布哈

图门　图门　阿尼亚　额勒　乌特都

乌特海　耶鲁里　阿那布哈

乌西哈衣　朱棍温　库衣布莫　郭吉布哈

额赫窝思浑　衣　耶鲁里

阿布卡　发拉浑那　布都

顺　比牙　乌西哈　布都　额勒顿阿户

卧勒多赫赫　耶鲁里　坛它莫　布鲁拉布哈

阿布卡赫赫　姑尼莫　莫勒臣　新达哈

阿布卡赫赫　夫力非　背哈

加林卡耶鲁里　乌云乌朱　德勒雅沙　衣　乌云朱　莫勒根

乌拉黑苏毕　西特恩　衣　特莫曷都

阿布卡赫赫　衣思浑　柞木毕赫

窝乌莫西　额勒顿克根吉任　拖瓦莫　必木比合

阿布卡　哎　包错　乌西哈　嫩特恩　木特莫　衣勒嘎哈
那包错　依奴

耶鲁里　衣巴甘胡突　牙沙胡顺　阿克达哈

沙延朱克　布都拖包力特勒　朱克瓦勒　必木比赫

它达　给任　顿瞀　苏克敦　朱克都　给孙勒

比　阿布卡　衣　巴那　依奴　哥拉浑　莫勒臣　新德母哈

耶鲁里　德勒　布出巴哈

箔热　班吉哈　箔热　达瓦萨哈

朱克阿林　阿拉特恩嘎　郭罗　沙延奥莫

格嫩莫　姑离布赫

阿布卡赫赫　昨巴春　诺莫浑　巴多拉库

巴那巴那　沙延布　占　依奴

沙呼伦　沙呼伦　依奴

沙延沙延　依奴

达克西出克　哈克山　额林德

巴那姆赫赫　箔热　乌云包错　衣拉哈　哈巴它

安巴昂可　尼热赫　达昏拉哈

衣　哈巴达　文楚窝莫　达里哈　库瓦哈　锥　孙郭哈

额勒　阿布卡赫赫　朱克阿布卡其　郭离布母莫

兰阿布卡　乌诺母哈　若薄罗　米思哈赫

朱克奥木　阿布卡扎兰　它西哈

吉达莫　它拉达赫

安巴巴那　它拉达赫

安巴安巴　尼热赫　昂阿卡丹拖阿　布离任赫

朱克阿布卡　分多霍

盂温盂温　图门图门　分多霍

额木乌督　呼文给浑哈

额勒其　朱勒西　顺　比牙　乌西哈

额勒顿恩　色箔肯　革离

都其莫　衣勒突　乐哈

额勒顿克根吉任　哈鲁兀色罗兀

色箔肯　比赫

耶鲁里　木克　尼曼吉　文克阿户　文达

安巴安巴　尼热赫　昂阿　朱勒赫　色箔肯　突箔

色箔肯文出　色箔肯　吉拉敏

安巴安巴　额勒顿克　根吉任　比赫

尼热赫衣昂阿　额勒其　朱勒西　安巴达拉坎朱克

色箔肯哈勒维让　多箔肯　亚凡

哈达莫　色布哈

朱录箔特赫　依兰阿巴达哈　都伦　哈达布赫

汉语译文：

伍腓凌

世上最早的鏖战是什么？
世上最惨的拼争是什么？
九头赦钦女神
　　变成了一角、九头、
　　自生自育的恶魔耶鲁里，
凌辱三女神，
自恃穹宇无敌。
她知道卧勒多赫赫
　　有个布星桦皮口袋，
能骗到手就可以
　　独揽星阵，
可吃、住、藏身，
同阿布卡赫赫抗衡无阻。
于是，
她把九个头变成九个亮星，
像太阳一样，
天上像有了十个太阳。
阿布卡赫赫和卧勒多赫赫
　　大吃一惊。
卧勒多赫赫忙用桦皮兜去装
　　九个亮星，
亮星装进去了，
刚要背走，
哪知连卧勒多赫赫
　　也给带入地下。
原来兜套在耶鲁里
　　九个脑袋上，
耶鲁里力大无比，
卧勒多赫赫成了俘虏。

卧勒多赫赫

　　乃是周行天地的光明神，
与巴那姆赫赫为同根姊妹。
　　耶鲁里把她囚入地下，
她的光芒照得
耶鲁里九个头上的眼睛失明，
头晕目眩，
慌忙将抓在手上的
　　桦皮布星神兜抛出来，
正巧是从东往西抛出的，
布星女神卧勒多赫赫，
便从东往西追赶，
得到了布星袋。
从此，
星星总是，
从东方升起，
向西方移动，
万万年如此，
这就是耶鲁里给抛出来的
　　星移路线。

凶暴的耶鲁里，
搅得天昏地暗，
日、月、星辰，
黑暗无光亮。
耶鲁里打败了卧勒多赫赫，
又想征服阿布卡赫赫，
便去找阿布卡赫赫打赌。
狡猾的耶鲁里凭着有
　　九个头上的神眼和
　　九个头的智谋，
向阿布卡赫赫提出看谁最有能耐
　　寻找到光明，

看谁最先分辨出
　　天是什么颜色，
　　地是什么颜色。

耶鲁里凭着恶魔的眼力，
在黑暗的冰块上找到了白冰，
而且理直气壮地说：
"我敢打赌，
天与地都是白色的"。
说着，他让自生自育的
　　无数耶鲁里，
到遥远的白海把冰山搬来。
阿布卡赫赫苦无良策，
处处是白森森的、
　　凉瓦瓦的、
　　白茫茫的。
危机时候巴那姆赫赫派去了
　　身边的九色花翅大嘴巨鸭，
它翅宽蔽海，
鸣如儿啼，
把阿布卡赫赫，
从被囚困的冰水中背上蓝天，
躲过了灾难。
但是，
冰海盖住了天穹，
蔽盖了大地。
大嘴巨鸭，
口喷烈火，
把冰天给啄个洞，
又啄个洞，
一连气儿啄了千千万万个洞。
从此才又出现了
　　日、

月、
　　星光，
才有了光明温暖。
可是，
耶鲁里搬来的冰雪老也化不完。
大嘴巨鸭的嘴，
　　在早也是
　　　　又尖又宽、
　　　　又厚又长的，
　　　　像钻镐，
就因为援救阿布卡赫赫，
凿冰不息，
大地有了光明，
可鸭嘴却从此以后，
让冰凌巨块给挤压成
　　　　又扁又圆的了，
双爪也给挤压成三片叶形了。

耶鲁里喷吐黑风恶水，
阿布卡赫赫派身边的
　　　　霍洛浑和霍洛昆两个女神，
详查动静。
她俩只见
　　　　寰宇动晃，
　　　　天石颓塌，
　　　　地陷涌泉，
回去报告阿布卡赫赫，
已经来不及了，
便放开喉咙大声唱乌春①。
两个女神边唱边携手舞蹈，
在颓石浪尖上唱，

---

① 乌春：满语，即歌。

在恶风凄雨中跳。
歌舞迷住了耶鲁里，
竟忘了施展雄威，
闭目睡了过去。
等他突然猛醒时，
阿布卡赫赫已经
　　率百兽百禽围袭而来。
耶鲁里双手一摁，
竟将两个女神
　　碾成血粉。
后来血粉干润在树草之上，
小小的粉粒化成万千鸣虫，
体小而其声悠亢，
声振数里可闻。
而且声调有
　　嬉戏、忧思、
　　欢庆、报警、
　　探询等不同韵味，
显露其死亡被害前
　　仍不服耶鲁里的欺凌，
代代年年，
叽叽鸣唱，
为世人警世诵歌。
萨满祝祭时
　　常以加昆玛音大萨满降临，
擅歌舞百虫鸣唱。

在萨哈连之北，
有神山名曼君乌延哈达。
其峰尖在云际，
山中终年存雪，
唯夏间融化挂溪，
湍流声啸数十里。

射猎、网渔、捕貉鹰之属
　　皆以曼君乌延之雪，
度卜天年。
天穹初开时，
阿布卡赫赫与耶鲁里争雄，
此山为卧勒多赫赫
　　布星阵中之巨星，
称寒星，
或称雪星，
住有曼君女神，
又称曼君额云①，
曼君实为尼莽吉，
即为雪也，
也就是雪神所居之神星。
在阿布卡赫赫与耶鲁里搏斗时，
阿布卡赫赫猛力一跺，
因为身子被耶鲁里恶魔压住，
喘不过气来，
猛力一挣，
只听轰隆隆一声，
将雪星踏裂，
天上留下一半，
掉到地上一半。
从此以后，
雪神分两地居住，
在天上居住时，
　　北方无雪，
　　春暖花开；
在地上居住时，
　　北方沃雪连年、
　　洁白连天如银界。

---

① 额云：满语，姐姐。

第五章　孙扎腓凌

掉在地上这一半星星，
便是北方的曼君乌延哈达。
因为雪神一年两居，
凡雪神居到天上时，
此地便为春天开始；
雪神返回地上时，
此地便是冬天开始。
所以，
此山又名宁摄里神山，
以此神山确定北方季节。
曼君乌延女神，
是季节神，
又是北方雪神，
年年致祭不衰。

阿布卡赫赫身边
　　第三个侍女叫奥朵西，
意为小姑娘，
掌握九彩云兽，
是放云马的神女。
天河中的各色云兽，
　　都是按奥朵西的意愿奔行。
有的像虎，
有的像豹，
有的像鹿，
有的像兔，
有的像马，
有的像猪，
变幻无穷。
阿布卡赫赫追赶耶鲁里，
总是追不上。
奥朵西便想出一个
　　巧妙的招法，

用藤草编成白色的马
　　借给耶鲁里。
耶鲁里挺高兴，
哪知骑上白马便被藤草缠住。
耶鲁里这才被阿布卡赫赫捉住，
　　服输。
耶鲁里说了软话，
阿布卡赫赫心慈手软，
　　放了他。
不料，耶鲁里马上就变心了，
还照样伤害生灵。
耶鲁里见阿布卡赫赫
　　身披九彩云光衫，
　　姿貌秀美，
　　便想调戏她，
　　并想得到她。
阿布卡赫赫格外恼火，
一见到耶鲁里就头发胀，
看不清楚耶鲁里的全身，
只能见到他的九颗脑袋，
便头晕目眩，
忙让众侍女轰走他。
大侍女喜鹊用叫声赶走他，
耶鲁里用几座山塞住了耳朵；
二侍女用刺猬针上的太阳光
　　刺他九头双眼，
耶鲁里用白雾作眼帘；
三侍女奥朵西便将九彩云马
　　赶进了耶鲁里的眼睛里，
耶鲁里疼得
　　一十八只眼睛，
都变成了黑雾虫噬，
被赶跑了。

可是耶鲁里眼睛里
　　裹走了许多天马，
天的颜色从此不再是九个颜色，
　　而变成七色了。
阿布卡赫赫非常生气，
将奥朵西赶走，
不准她再做牧兽女神。
可是奥朵西走后，
天上又少了百兽的
　　蹄声，叫声，
天空只有一片云光。
阿布卡赫赫深感寂寞，
便又把小奥朵西召到身边，
重做牧神。
奥朵西是智慧的战神，
所以各族敬尊奥朵西为
　　牧神和侍家女神，
　　庇佑宅室女红顺遂。
神偶供于堂屋的正北方。

在萨哈连极北地方，
是一片千年松林和古岩幽洞，
有一连七座山头，
并峙入天，
称穆丹阿林，
四周群山围拥，
白云护庇，
百兽繁居，
鸣唱如神界。
其山多珍禽异兽，
生九彩斑纹鸟，
其声如女儿语，
又有双头七彩

花节蛇，
有此蛇处可得
七星翡翠，
为玉宝。
北人多跋涉千里，
采玉易货于南方。
相传，天命初
宫妃多赐用穆丹玉。
阿布卡赫赫在驱赶
恶魔耶鲁里时，
她从头上摘下玉坠，
打向耶鲁里，
耶鲁里的头被打掉了一颗
掉在此地，
那块玉坠也被打碎，
落在耶鲁里掉下来的头上，
变成了一座玉石山，
包围住了那颗魔头。
可是耶鲁里神技无敌，
马上把掉下头的那个地方，
一连凸出六个同样的大山。
阿布卡赫赫和巴那姆赫赫
来找那颗魔头，
已经难以寻觅，
在七个大山和周围的小山丘中，
无法再找到耶鲁里的头。
耶鲁里从地下
偷偷把那颗头找到
安到了自己的脖子上。
从此，
这里出现了七座大山，
而且山中多奇玉，
都是阿布卡赫赫

头上的玉坠化成的。
山中多幽洞，
是阿布卡赫赫派诸神
　　捉拿魔头，
给钻拱出来的，
幽洞甚深长，
多冰瀑、潜流，
多蟒、豹猛兽。
穆丹阿林与摄力神山，
同为北方诸族致祭的名山。
长途献牲，
祝祭者
从春走到冬，
由冬走到春，
骑马、步行，
赶着勒勒车向北虔诚进发，
逶迤不绝。
清初叶仍不绝于道。

在萨哈连以北，
穆丹阿林以东
　　还有个著名的玛呼山，
也是这一带诸族人常祭的神山。
相传，
这个山为"天宫大战"时，
阿布卡赫赫率领
　　众动植大神，
打败了九头恶魔耶鲁里，
将他烧化成一个九头的小鸟，
打入地心之中，
永不能残害寰宇。
神火燔烧耶鲁里的魔骨，
从天上掉到了这里，

变成了一条绵延的
　　白骨、乌骨、
　　绿骨、黄骨
　　堆成的石山，
其山中石木皆为
　　此骨诸种颜色，
并有灵气。
萨满千里北上
　　采集灵石灵佩，
均要攀登玛呼山，
即瞒盖山，
魔骨山也是它们的名字。
在萨满诸姓的神物中，
神裙、神帽、
神鞭、神碗
　　都有用玛呼山的玛呼石
　　磨制神奇的器物。
萨满并用此
　　石板、石盅、
　　石柱、石针
　　占卜医病，
成为萨满重要的
　　灵验的神物。

阿布卡赫赫，
所造的敖钦女神，
是为了守侍巴那姆赫赫
　　使她不能安眠昏睡。
阿布卡赫赫又觉得
　　只让敖钦女神守护，
还不放心。
敖钦女神九头八臂，
神力盖世，

一旦逃跑，
就会变成无敌于世的
　　　宇内大神。
便又派管门的都凯女神，
并告诫要时时关好天门，
让敖钦女神只能在
　　　神域之内活动，
不能随意出走。
敖钦女神有九个头，
敏慧无比，
便把憨厚的都凯女神骗来，
同她戏耍，
共同筑建地穴住室。
敖钦女神把头上的触角
　　　借给都凯女神用来钻地穴用。
都凯女神甚觉好玩，
敖钦女神才冲出天门，
成为神威齐天的耶鲁里。
阿布卡赫赫大怒，
把都凯女神赶出天系。
巴那姆赫赫怜悯她，
便将都凯女神收留，
平时让她变成蚯蚓，
总是穿行地穴，
决意要寻找耶鲁里，
以雪渎职之恨，
从此也无颜见天上太阳，
太阳一照便会死去。
所以北方诸族的人，
在萨满的服饰上
　　　常画有蛇状虫，
有些并不是蛇
　　　也不是龙，

而是蚯蚓。
相传，它有耶鲁里的触角，
可穿行于地下，
能够辅助与导引萨满
　　探查地下的洞府与魂魄，
畅行无阻。

都凯女神变成地下蚯蚓，
永远不能生活于地上，
但她常常帮助
　　阿布卡赫赫的护眼女神。
护眼女神的神火能穿透大地，
润育沃野，
可以孳生万物。
都凯女神为了能回到
　　阿布卡赫赫身边，
便竭力帮助护眼女神，
把深深的地层
　　钻出洞眼，
使暖光透进，
使她能够随时幻化成
　　各种香花异草。
护眼女神后来能变成
　　芍丹乌西哈，
使耶鲁里上当，
救了阿布卡赫赫
　　也有都凯女神的功劳。
阿布卡赫赫怜爱都凯女神，
允许她可以自生自育，
不论冬夏她永远不死，
常存于地下。
蚯蚓神又称小蟒神，
可助萨满治世宁人。

第六章　宁温腓凌

扎兰　德　窝其　郭勒　郭勒敏

布车拉库　恩都力

窝　窝其　恩都林革　安巴恩都力　衣色勒

莫　窝出拉库

乌云乌朱衣巴甘胡涂　耶鲁里

箔热　班金哈　箔势　胡瓦萨哈

衣　蒙温衣巴甘胡涂　乌朱勒莫　嫩德哈

图门扎卡　布离任莫　哲合

纽浑阿布卡　汪它母哈

（以下残失）

汉语译文：

陆腓凌

世上谁是长生不死的神？

谁是不可抗争的神圣大神？

九头恶魔耶鲁里

　　率领自生自育成千的恶魔，

　　吞噬万物，

　　称霸苍穹，

　　浊雾弥天，

　　禽兽丧亡。

可是，

耶鲁里九头八臂都能裂生恶魔，

眼睛生恶魔，
耳朵生恶魔，
汗毛孔里都钻出
　　小小的耶鲁里模样的恶魔，
像蝼蚁、
像蜂群，
齐向阿布卡赫赫围击。
阿布卡赫赫杀死
　　一群又一群，
耶鲁里连生不灭。
恶魔反倒比以前更凶更多。
在分不清天
　　分不清地的时候，
有个多喀霍神出现了。
这位女神就是以石为屋，
永久住在巴那姆赫赫
　　肤体的石头里。
她能帮助众神，
获得生命和力量，
并有自育自生能力。
她听说九头恶魔耶鲁里
　　在天穹里大显神威，
阿布卡赫赫、巴那姆赫赫
　　也无可奈何，
　　天昏地暗。
巴那姆赫赫肤体
　　被触角豁伤，
　　伤痕累累；
阿布卡赫赫肤体
　　也被触角搅得
　　飞星落地、
　　白云不生。
七彩神光被九头遮盖，

只能见到红色和黑色。
见到世上恶魔逞凶，
便和阿布卡赫赫身边的
　　西斯林女神商量，
让西斯林女神施展风威，
用飞沙走石驱赶魔迹。
西斯林女神是
　　阿布卡赫赫的爱女，
生下来就神威无比，
而且是穹宇中的力神，
是卧勒多赫赫的
　　两只大脚。
阿布卡赫赫，
就是用卧勒多赫赫身上、
脚上的肉，
和她的慈肉，
合成了敖钦女神的。
所以，敖钦女神能巡行大地，
不知疲累。
敖钦女神一下子变成了
　　九头恶魔耶鲁里后，
耶鲁里因身上有
　　卧勒多赫赫脚上的肉，
因此也具有摇撼世界的风力，
力大无穷，
疾行如闪。
但耶鲁里终究比不上
　　西斯林女神威武有力，
因她统管天宇的风气，
能小则小，
能大则大，
所以能背得动
　　装满星云的桦皮口袋。

西斯林女神
　　见到阿布卡赫赫被困，
便同意多喀霍女神的请求，
搬运巴那姆赫赫肤体上的巨石，
追打恶魔耶鲁里。

耶鲁里在意得志满时，
突然遭到满天飞来的
　　巨石击打，
　　无处躲身，
便仓皇逃回到地下，
暂躲起来，
天穹才又现出光明。
耶鲁里不甘心，
又去找阿布卡赫赫说：
你若是敢跟我比试飞速，
若是超过我，
追过我，
我就服输，
再不捣乱苍穹，
情愿做你顺从的侍卫。
阿布卡赫赫心想：
任你怎么飞跳，
也跳不出我的肤体之外，
又有两个妹妹女神辅佐，
必能俘获你。
便同意跟耶鲁里比试高低。
聪明伶俐的九头恶魔耶鲁里，
有九个头的智慧，
九双眼睛的目光，
又有三个女神的神力，
听了非常高兴，
暗想，阿布卡赫赫你可上了当。

两人约好，
开始比试飞力。
耶鲁里化光而逝，
阿布卡赫赫凭着
　　七彩神火照射，
早看得清楚，
便追了下去。
耶鲁里生性能够自生自育，
化成无数个耶鲁里。
阿布卡赫赫认不出
　　哪一个是耶鲁里真身，
遥望前头有个又高又粗的
　　九头耶鲁里的模样，
　　超过其他耶鲁里，
心想这回可算盯住了，
绝不能再让耶鲁里藏身。
追啊追，
九头耶鲁里一下钻进白雾里，
阿布卡赫赫刚要抓住
　　耶鲁里一个头，
便觉周身寒冷沉重，
一座座大雪山
　　压到阿布卡赫赫身上。
耶鲁里把阿布卡赫赫
　　骗进了北天雪海里逃走了。
雪海里雪山堆比天还高，
压得阿布卡赫赫冻饿难忍。
这里雪山底下的石堆，
里边住着多喀霍女神，
温暖着阿布卡赫赫的身躯。
阿布卡赫赫饿得没有办法，
又无法脱身，
在雪山底下只好

啃着巨石充饥。
阿布卡赫赫把山岩里的巨石
　　都吞进了腹内，
阿布卡赫赫顿觉周身发热。
因为多喀霍女神
　　是光明和火的化身，
热力烧得阿布卡赫赫
　　坐立不宁，
　　浑身充满了巨力，
　　烤化了雪山，
一下子又重新撞开
层层雪海雪山，
冲上穹宇。
可是热火烧得阿布卡赫赫
　　肢身溶解，
　　眼睛变成了日、月，
　　头发变成了森林，
　　汗水变成了溪河……
所以，后世都讲，
地上的森林、湖海、河流，
不少是从天上掉下来的。
不单是山林、溪流，
阿布卡赫赫与耶鲁里搏斗，
扰得天空不宁，
也把不少生物从天上挤下来。
蛇就是光神化身，
是从天上掉下来的，
虫类也是从天上掉下来的。
所以它们在有火和光的春夏
　　才能出洞生活，
无火无光的暗夜和严冬
　　便就入眠了。

第七章　柒腓凌

世上为啥留下竿上天灯？
世上为何流传下来爱鲜花的风俗？
卧勒多赫赫
　　　被九头耶鲁里打败后，
神光被夺走了大半，
变成非常温顺的天上女神，
除了背着桦皮星袋
蹒跚西行，
默哑无言。
阿布卡赫赫就让
巴那姆赫赫照料她妹妹，
陪她玩耍，
怕她安静寂寞。
一天，
命三鸟在天呼唱，
天穹才有生气：
夜里沙乌沙①号叫，
清晨嘎喽②号叫，
傍晚嘎哈③号叫，
从此这三种鸟总是轮流呼唱。
巴那姆赫赫还将长在自己
　　　心上的突姆火神，

---

① 沙乌沙：满语，猫头鹰。
② 嘎喽：满语，雁。
③ 嘎哈：满语，乌鸦。

派到天上卧勒多赫赫身边，

用她的光、毛、

　　火、发帮助赫赫照路。

天上常常见到的闪电，

便是突姆火神的影子。

天上常常掉下些天落石，

便是突姆火神脚上的泥。

九头恶魔耶鲁里，

闯出地窟，

又逞凶到天穹，

它要吃掉阿布卡赫赫和众善神。

耶鲁里喷出的恶风黑雾，

蔽住了天穹，

暗里无光，

黑龙似的顶天立地的黑风

　　卷起了天上的星辰和彩云，

卷走了巴那姆赫赫身上的

　　百兽百禽。

突姆火神临危不惧，

用自己身上的火光毛发，

抛到黑空里化成依兰乌西哈①、

那丹乌西哈②、

明安乌西哈③、

图门乌西哈④，

帮助了卧勒多赫赫布星。

然而，突姆火神却全身精光，

变成光秃秃、赤裸裸的白石头，

① 乌西哈，满语，三星。

② 那丹乌西哈：满语，七星。

③ 明安乌西哈：满语，千星。

④ 图门乌西哈：满语，万星。

吊在依兰乌西哈星星上，
从东到西悠来悠去。
从白石头上还发着微光，
照彻大地和万物，
用生命的最后火光，
为生灵造福。

南天上三星下边的一颗
　　闪闪晃晃、
　　忽明忽暗的小星，
就是突姆女神仅有的
　　微火在闪照，
像天灯照亮穹宇。
后世人把它叫做"车库妈妈"，
　　即秋千女神，
从此后世才有了
　　高高的秋千杆架子，
吊着绳子，
人头顶鱼油灯荡秋千，
就是纪念和敬祀突姆慈祥而献身的
　　伟大母神。
后世部落城寨上和狍獐皮苦成的
　　"撮罗子"前，
　　立有白桦高竿，
或在山顶、高树上
　　用兽头骨里盛满獾、野猪油，
点燃照天灯，
岁岁点冰灯，
升篝火照耀黑夜，
就是为了驱吓
　　独角九头恶魔耶鲁里，
也是为了缅念和祭祷
　　突姆女神。

卧勒多赫赫星袋里的
　　那丹女神，
知道突姆女神光灭星殒，
便也钻出了大星袋，
化成数百个小星星，
像个星星火球，
在九头恶魔耶鲁里
　　搅黑的穹宇中，
　　照射光芒。
恶风吹得星球，
忽尔缩成圆形，
忽尔被恶风吹扯成长形，
不少星光也失去了光明，
后来变成了一窝
　　长勺形的小星团。
这便是七星那丹那拉呼，
变成现在的模样，
也是耶鲁里的恶风吹成的，
一直到现在由东到西缓缓而行，
成为星阵的领星星神。

在东方天空有个蓝色的草地，
有天禽和百树，
生长繁茂，
住着依尔哈女神，
她香气四溢，
是阿布卡赫赫身上的
　　香肉变成的，
她日夜勤劳，
为苍穹制造香云。
所以，
天的颜色总是清澄无尘，

而且总是清新沁人。
她主要依靠
　　西斯林女神的风翅扇摇，
　　才永远清新美丽。

耶鲁里在天上
　　看这块秀美的所在，
还见西斯林女神用风翅
　　护佑着天上的草地，
　　里面阳光明媚，
　　百禽鸣唱。
在黑风恶雾里到处天昏地暗，
唯有这里却是另一个世界，
于是便大声吼怒。
耶鲁里知道这必是阿布卡赫赫
　　在天上栖居的地方。
暗暗高兴，
乔装成一个赶鹅的老太太，
拄着个木杖吆吆喝喝地走来。
天鹅不怕天风，
将翅一合钻进
　　草香莺啼的小溪里。
老太太用斗篷把头一裹，
躲过暴风，
也随鹅走到小溪旁。
鹅，乍开起只是三只，
突然鹅生鹅、
　　鹅变鹅，
　　越变越多，
不大工夫遍野全是，
　　白花花、
　　嘎嘎怪叫的大鹅。
老太太的拐杖

　　一下子变成开沟镐，
把百树、
百草、
花坛都给豁成了山谷深涧。

阿布卡赫赫正安静睡觉，
忽然觉得全身被白网拴住，
越拴越紧。
原来白鹅变成了
　　拴阿布卡赫赫的白筋绳子，
木拐杖原来正是恶魔耶鲁里的
　　又凶又大的顶天触角，
刺扎得阿布卡赫赫遍体鳞伤。
这块天上秀美的草地
　　正是阿布卡赫赫变成的，
想躲过耶鲁里的九头魔眼，
结果被它识破了。

守护赫赫的西斯林女神
　　当时贪恋睡觉，
只张开着风翅保护着赫赫，
没用飓风扇动天魔，
被耶鲁里轻易地破了风阵，
抓住了阿布卡赫赫。

阿布卡赫赫被抓，
天要塌陷了，
天摇地晃，
日月马上暗淡无光。
天上的神禽、
地上的神兽相继死亡，
阿布卡赫赫的两个妹妹
　　吓得手足无措。

三姊妹同根同存，
一个若是被杀死，
两个妹妹也就随着窒息。
大难眼看临头，
耶鲁里要执掌穹宇，
众魔手舞足蹈，
争霸天地间的星房地窟。
正在这千钧一发之时，
在白鹅筋绳拴绑的
　　　阿布卡赫赫泪眼溪流旁，
住着者固鲁女神们，
她们是赫赫的护眼女神，
守护日月，
使其日夜光照宇宙，
送暖大地。
所以，
她们身上都有光衫慈魂，
其外形虽然瘦小，
但神威远远高过三位女神身边的
　　　众位保护女神。
她们在溪河旁知道赫赫被绑，
天地难维，
便化做了一朵芳香四散、
洁白美丽的芍丹乌西哈①，
光芒四射。
九头恶魔耶鲁里
　　　一见这朵奇妙的神花，
爱不释手。
恶魔们争抢着摘白花，
谁知白花突然变成
　　　千条万条光箭，

---

① 芍丹乌西哈：满语，芍药星星。

直射耶鲁里的眼睛，
疼得耶鲁里闭目打滚，
吼叫震天，
捂着九头逃回地穴之中。

阿布卡赫赫被拯救了，
天地被拯救了。
阿布卡赫赫、
巴那姆赫赫、
卧勒多赫赫
　　一齐感谢者固鲁女神。
者固鲁，
原来是天上的刺猬神，
它身披满身能藏魂魄的光针，
帮助阿布卡三姊妹生育万物，
付给灵魂。
她身上的光彩，
就全是日月光芒织成的，
锋利无比，
可使万物万魔双目失明，
黯然失色。

西斯林女神因为贪睡，
　　惹出大祸，
被三女神驱逐出天地之外，
夺去了她的女性神牌。
西斯林从此改变了神形，
后来成了耶鲁里手下的
　　男性野神，
放荡不羁，
驰号天地之间，
撼山摇月，
成为万物一害。

后世人们头上
    总喜戴花或头髻插花，
认为可惊退魔鬼。
戴花、插花、贴窗花、雕冰花，
都喜欢是白芍药花。
雪花，也是白色的，
恰是阿布卡赫赫剪成的，
可以驱魔洁世，
代代吉祥。

第八章　捌 腓 凌

世上为何崇爱
　　白鹊、
　　白鸟？
世上为何敬颂
　　刺猬、地鼠的功劳？
千寿万寿的彩石啊，
是祖先的爱物，
朝夕难分难离。
石头是火，
石中有火，
是热火、
力火、
生命之火。
自从西斯林女神搬石御敌，
追打九头耶鲁里，
北方堆石成了山岳，
石山、石砬、石洞最多，
就是那时候留下来的。
石岩凝固成山脉，
石岩凝结成高山。
平川河谷就缺少了火石。
所以天下暴雪，
寒酷非常，
百兽百物藏洞求生。
阿布卡赫赫一心打败狠毒的

九头恶魔耶鲁里，
就要强壮筋骨。
突姆神告诉赫赫要多据有石火，
吃石补身，
便天天派侍女
　　白腹号鸟、
　　白脖厚嘴号鸟，
飞往东海采衔九纹石。
吃彩石就能壮力生骨，
吃彩石可以身长坚甲，
热照天地。
白腹号鸟、
白脖厚嘴号鸟
　　勤快辛劳，
　　日夜不停，
衔回彩石累了，
归程时总要在
　　东天九叉神树上歇脚，
察望耶鲁里恶魔的动静。
千年松、
万年桦，
开天时的古树是榆柳。
长叶柳树
能说人语道人性，
能育人运水润虫蛙，
通天通地称为
　　天树。
天树通天桥，
通天桥路分九股，
九天九股住着宇宙神，
都是耶鲁里从地上赶上来的。
九股分住着三十妈妈神：
　　一九雷雪三十位，

二九溪涧三十位，
三九鱼鳖三十位，
四九天鸟长翼神，
五九地鸟短翼神，
六九水鸟肥脚神，
七九蛇猸迫日神，
八九百兽金洞神，
九九柳芍银花神，
统御寰天二百七，
三位赫赫位高尊。
征战恶魔用兵器，
阿布卡赫赫命巴那姆赫赫出主意，
鸟生爪、
鱼生翅、
龟鳖生骨罩、
蛇脱皮草上飞，
百兽牙爪破坚石。
野猪最早无锋牙，
那是恶魔给安的。
耶鲁里的长角最无敌。
赫赫搓下身上的泥
　　做了无数米亚卡小神，
能伸能缩，
钻进地下，
钻进了耶鲁里的九头独角里。
耶鲁里又痒痒又头痛，
冲到天上，
独角让米亚卡神给钻了一半，
再不像过去那样又长又尖了。
耶鲁里的角掉在地上，
正巧赶上野猪拱地成沟，
要咬耶鲁里，
结果那个掉下的角

一下子扎在野猪的嘴上，
从此野猪长出了
　　又长又灵的獠牙，
比百兽都厉害。
耶鲁里头上滴的血
　　滴到了树林和岩石、土层里。
所以，
不少树木的木质
　　变成了红色，
有不少石头和土
　　也永远是红色的了。
耶鲁里疼得在天上打滚，
见到三百女神向它扑来，
便随着黑风逃到了
　　一条大河河底下，
化成小小曲蛇①
　　藏进了泥水里。
三九天上的鱼母神，
见此情景追进水里，
变成个机灵敏捷的小鲤鱼拐子，
找到了耶鲁里，
从泥里咬住了耶鲁里
　　化形的小蚯蚓尾巴，
蚯蚓身子一缩掀起大浪泥沙，
搅混了清水，
鱼母神松口，
耶鲁里化阵恶风又
　　逃之夭夭。

西离妈妈女神
　　因找到耶鲁里有功，

---

① 曲蛇：即蚯蚓。

便成为宇宙中的鱼星辰——
鲤鱼拐子星，
日夜还在天海边追寻着
　　恶魔耶鲁里。
从此，世上的鲤鱼类
　　总喜欢生活在深水水底，
啃泥和水草根茎为食。

耶鲁里凭借西斯林的风威，
将光明吞进肚里，
天宇又变成黑漆无光。
恶风呼啸，
尘沙弥漫，
企图把天上三百女神吹昏头脑，
追踪不到它的身迹。
阿布卡赫赫便让一九云母神
　　变做一个永世计时星，
嘱她一定要永世侧身而行，
不要让耶鲁里认出来，
因为耶鲁里有西斯林的飓风，
刮起来云母神不能久停。
云母神便化做卧勒多赫赫
　　布星神属下的一位忠于职守的
　　塔其妈妈星神，
昼夜为众神计时，
再狂的恶风黑夜
　　也骗不了众神的眼睛。
可是耶鲁里总也抓不住她，
也认不出来，
所以，耶鲁里永远不能
　　辨时辨方向，
总是不如阿布卡赫赫
　　畅行自如。

阿布卡赫赫又从身上搓落出泥，
生出兴克里女神，
能在黑暗里钻行，
迎接和引导太阳的光芒
　　照进暗夜，
这便是永世迎日的
　　鼠星神祇。
鼠星是迎日早临的女神，
离黎明时分还有若干时辰。
阿布卡赫赫担心黎明前黑暗里
　　耶鲁里仍偷袭捣乱，
就把身边的
　　三耳六眼灵兽派了出去，
永远永远地横卧在苍天之中，
头北尾南，
横跨中天，
总是极目远望高天，
寻找耶鲁里的踪影，
一直到太阳的光芒照彻寰宇，
星光隐灭，
辛勤而忠于职守的迎日灵兽
　　才从中天中消逝。
所以，
他是朝朝不知懒惰
　　爱日的神兽，
满语古语尊称他为
　　乌西哈布鲁古大神。
者固鲁女神总是
　　披着刺眼的光衫，
这是阿布卡赫赫赋予她的
　　万神神威。
万神的能耐和品德

都汇集到了她的身上，
能攻能守，
能进能退，
能隐能显，
能扩能缩，
能滚能行，
威勇无敌。
九头恶魔屡战屡败，
恼羞万分，
便找西斯林风魔神送去口信，
要一对一地比试高低。
双方都不要带帮手，
谁胜了谁就是
执掌寰天的额真达爷。
万物都要由他领辖，
由他创造，
由他衍生更替。

阿布卡赫赫便和卧勒多赫赫
商议对策，
卧勒多女神说于大姊，
我虽不能去直接助阵，
可我可以暗中
帮助姐姐额云获胜。
我用布星的神工
将星群列成战阵，
连成一片，
供你争战时累了
可以在星辰上藏身歇脚，
凭我身上的银光长翅
可以为你打闪照路，
我能把星海堆成
山峦沟谷川壑，

阻挡耶鲁里的

　　逃遁和施展淫威。

阿布卡赫赫听了十分高兴，

便与耶鲁里争杀在一起。

地动星移，

星撞星雷鸣电闪，

耶鲁里喷着黑风恶水，

天地昏黑，

石雨雷雹，

万物殒灭，

只有榆柳长寿齐天

　　延续至今。

百兽从此变得细小，

藏匿于岩林沃雪之中。

硕兽巨鸟，

因畏惧西斯林的飓风，

传下瘦小敏捷的后代，

能在林荫草莽中栖生。

耶鲁里被星光围困，

被光耀照晃，

被者固鲁女神光衫刺射，

虽然与阿布卡赫赫

　　一对一地厮斗，

终神力难支，

便学阿布卡赫赫

　　站在星星上歇口气，

谁知耶鲁里想歇脚的星斗

　　并不是星体，

而是卧勒多赫赫很早就派去

　　查看双方厮打战情的

　　德登女神的头部。

德登女神是阿布卡赫赫的一只脚，

身姿秀美修长，
与天地同长，
与天地同高，
性喜终日追逐风云，
无论多么高
　　　多么遥远的云天，
都可攀涉低于其肩，
可洞测寰宇稍微动息，
餐风啖星度日。
德登女神妈妈正在瞭看战况，
忽见九头恶魔耶鲁里仓皇降下，
便故意将自己的尖尖长发，
布散成一望无边的
　　　空中星地，
骗住耶鲁里，
使他以为是一颗天星，
等耶鲁里双脚刚一踏上，
德登女神将头身猛倾，
耶鲁里踩空，
头朝下一下子就坠落进了
　　　德登女神脚踩着的地心里。
正巧，
地心正是巴那吉额姆
　　　身上的肚脐眼。
这里住着一位女神，
是巴那吉额姆
　　　最宠爱的女儿福特锦力神。
她是生得四头六臂八足的大力神，
与德登女神同样是身高齐天，
只不过她不守视天穹，
而是护视九层天穹的下三层。
四头分视四方，
眼睛能观察到

　　鸟虫也飞不到的地方，
能看穿岩土峦岳。
她的六臂能够托天摇地，
拔山撼树，
能缚捉住千里之外的
　　　飞鸟奔兔，
闭眼伸手就能
　　　采摘野果，
　　　辨别百草，
她长着人脚、兽腿、
鸟爪、百虫的足，
跑起来连风也追不到。
她的身姿与姊妹神
　　　德登女神正相反，
粗矮雄阔，
像一座横亘千里的峰岩。
耶鲁里掉进肚脐洞，
正被福特锦力神捉住，
紧紧掐住耶鲁里的九头，
耶鲁里因有气光神功，
惊慌逃窜。
因为化成光气跑走的，
在福特锦女神身上
　　　从此留下许多气孔，
至今岩石中常见到
　　　像蜂窝似的气室，
就是当年耶鲁里
　　　逃窜化气时留下来的。
耶鲁里逃跑后被放散的魔气，
化成了山冈恶瘴、疫病，
从此留到了世间，
贻害无穷。
被福特锦女神摁住，

抓下了片片黑色的骨甲，
变成了龟蛤蛛神，
爬进河谷和草间。
龟蛤蛛丝均可入卜，
因其本为耶鲁里的灵气残骨，
富有灵气，
空际星阵为卧勒多赫赫聚星而成，
从此穹宇间日月相分，
不在一天，
相互追映。
空际有了天河星海，
白亮亮光闪闪绵亘东西，
像一条顶天立地
　　　不可逾越的星山，
便是为拦截耶鲁里而筑成的。

第九章　玖腓凌

天上的争杀怎么平静的？
世上的生涯是怎么传下的？
耶鲁里恶魔被福特锦力神缚捉，
掐破肤甲，
轧露光气，
耶鲁里从此恶风骤减，
九个头上有四个头的眼睛
　　只能洞测黑夜，
惧慑太阳火光，
但是，恶念凶欲不死，
企望挟天为主，
便于日月降落后的黑夜里，
悄悄冲向青空，
口喷黑风恶水，
淹没了穹宇大地。
阿布卡赫赫刚升到天上，
得到德登女神的报告，
可耶鲁里已经
　　将兴恶里鼠星女神捉住，
放走了神鹰，
并把迎面冲来的阿布卡赫赫身上的
　　九座石山九座柳林、
　　九座溪流九座兽骨
　　编成的战裙扯了下来。
这是阿布卡赫赫的护身战裙。

阿布卡赫赫丢掉了护身战裙

　　便只好逃了出来，

在众星神的保护下，

逃回九层天上，

疲惫不堪，

昏倒在滚动着金光的太阳河旁。

太阳河边有一棵高大的神树，

神树上住着一位名叫

　　昆哲勒的九彩神鸟，

它扯下自己身上的羽毛，

为阿布卡赫赫

　　擦着腰脊上的伤口，

用九彩神光编织护腰战裙，

又衔来金色的太阳河水，

给阿布卡赫赫冲洗着伤口，

使阿布卡赫赫很快

　　伤愈如初。

阿布卡赫赫

　　身穿九彩神羽战裙，

从太阳河水中

　　慢慢苏醒过来。

巴那姆赫赫

　　将自己身上生息的

　　虎、豹、熊、鹿、蟒、蛇、

　　狼、野猪、蜥蜴、鹰、雕、

　　江海鱼虾、百虫等

　　魂魄摄来，

让每一个兽禽神魂

　　献出一招神技，

帮助阿布卡赫赫。

又从自己身上献出一块魂骨，

由昆哲勒神鸟在太阳河边，

用彩羽重新又为阿布卡赫赫

编织了护腰战裙。
从此，
天才真正变成了
　　现在这个颜色，
阿布卡赫赫也真正有了
　　无敌于寰宇的神威。

姊妹三人在众神禽兽的
　　辅佐之下，
打败了九头恶魔耶鲁里，
使它变成了一个
　　只会夜间怪号的九头恶鸟，
埋在巴那姆赫赫身下的最底层，
不能再扰害天穹。
可是，
巴那姆赫赫身边还生活着许多
　　喜欢穿穴而居的生命，
　　如蝼蚁、穿山甲、地鼠等等，
耶鲁里的败魂还时常出世脱化
　　满尼、
　　满盖，
　　践害人世。
然而，
由于阿布卡赫赫打败耶鲁里时，
将它九个头上的
　　五个头的双眼取下，
使它变成了瞎子，
最怕光明和篝火，
只要燃放篝火，
点取冰灯，
照亮暗隅，
九头鸟便不敢危害世间了。
从此，

才在世间留下夜点冰灯，
拜祭篝火的古习。
阿布卡赫赫从此才成为一位
　　永远不死、
　　　不可战胜的穹宇母神，
维佑天地，
传袭百世。

阿布卡赫赫
　　又派神鹰哺育了一女婴，
使她成为世上第一个大萨满，
神鹰哺育的奶水
　　太阳河便是昆哲勒衔来的
　　生命与智慧的神羹。
空际的大鹰星本由卧勒多赫赫
　　用绳索系住左脚，
命它协佐德登女神守护天穹的。
因为耶鲁里扯断了鹰的神索，
鹰星在天空中变幻最大，
其星羽突闪突现。
阿布卡赫赫便命她哺育了
　　世上第一个通晓
　　神界、
　　兽界、
　　灵界、魂界的
　　智者大萨满，
神鹰受命后
　　便用昆哲勒神鸟
　　衔来太阳河中的
　　生命与智慧的神羹
　　喂育萨满，
用卧勒多赫赫的神光
　　启迪萨满，

使她通晓星卜天时；
用巴那姆赫赫的肤肉
　　丰润萨满，
使她运筹神技；
用耶鲁里自生自育的奇功
　　诱导萨满，
使她有传播男女媾育的医术。
女大萨满才成为世间
　　百聪百伶、
　　百慧百巧的万能神者，
抚安世界，
传替百代……

天荒日老，
星云更世，
不知又过了多少亿万斯年，
北天冰海南流，
洪涛冰山盖野。
地上是水，
天上也是水，
大地上只有代敏大鹰
　　和一个女人留世，
生下了人类。
这便是洪涛后的女大萨满，
成为人类始母神，
是阿布卡赫赫把太阳和昆哲勒神
　　派到水中，
从此冰水才有了温暖，
才生育出水虫、水草，
重新有鱼虾、水蛇、
　　水獭、水狸，
又在东海有了人身鱼神，
受太阳之光，

不少水虫变为人首鱼身的
　　河湖沼海之神，
因是受阳光而育，
应阳光而生，
故常罩七彩光衫，
称为"德立格"女神。
为使世间能分辨方向，
阿布卡赫赫让自己身边的
　　四个方向女神下来，
给人类指点方向。
西方洼勒格女神是
　　一步三蹦地先走到了人世，
随后到的是：
　　东方德立格女神和
　　北方阿玛勒格女神以及
　　南方朱勒格女神，
　　中位为都伦巴女神，
由五位女神执掌方位。
大地上的残留汪洋，
阿布卡赫赫拔下身上的腋毛，
化成了无数条水龙
　　——木克木都力，
朝朝暮暮地吞水。
从此，
又在大地上出现了无数条
　　又粗又宽、
　　又长又弯的
　　道口江河和沟岔，
有像毕拉一样的河、
像乌拉一样的江、
像岔儿汉一样的小支流，
养育着阿布卡赫赫的子孙——人类。

不知又经过多少万年，
洪荒远古，
阿布卡赫赫人称
　　阿布卡恩都力大神，
高卧九层云天之上，
呵气为霞，
喷火为星，
山河宁静，
阿布卡恩都力也学
　　巴那姆额姆一样懒散慢惰，
　　性喜酣睡。
所以，
北地朔野寒天，
　　冰河覆地，
　　雪海无垠，
　　万物不生。
巴那姆额姆教人穴居地下，
筑室洞窟，
故北人大都深室九梯，
刺猬、蝙蝠均为安全守神。
耶鲁里常潜出施毒烟害人，
疮疖、天花灭室穴生命。
天生雅格哈女神擅视百草，
索活①、它卡②、佛库它拉③、
省哲④、山茶⑤为人所食，
百花为人送香气，
百树为人衣其皮，
百兽为人食其肉，

---

① 索活：满语，甜酱菜。
② 它卡：满语，野芥菜。
③ 佛库它拉：满语，蕨菜。
④ 省哲：满语，蘑菇。
⑤ 山茶：满语，木耳。

年期香为人祛疮除秽
敬祖神。

阿布卡恩都力送给人间
瞒尼神九十二位，
其中有：战神、箭神、石神、
痘神、瘸神、头疼神、
噬血神、大力神、狩猎神、
穴居神、飞涧神、舟筏神、
育婴神、产孕神、媾交神、
断事神、卜算神、驭火神、
唤水神、山雪神、乌春①神、
玛克辛神②、说古神，等等。
重要的瞒爷神，
传播古史子嗣故事。
最古，
先人用火是拖亚拉哈大神所赐。
阿布卡恩都力未给人以火之前，
茹血生食，
常室于地下同蝼鼠无异。
雪消出洞，
落雪入地，
人蛇同穴，
人蝠同眠，
十有一生。
阿布卡恩都力
额上突生红瘤"其其旦"，
化为美女，
脚踏火烧云，
身披红霞星光衫，

---

① 乌春：满语，歌。
② 玛克辛：满语，舞。

嫁与雷神西思林为妻。
雷神西思林也同
　　风神西斯林一样，
原来同是
　　阿布卡恩都力的爱子，
雷神西思林，
是阿布卡恩都力的
　　酣声化形而成的巨神，
火发白身长手，
喜驰游寰宇，
声啸裂地劈天，
勇不可挡；
而风神西斯林早生于
　　西思林雷神，
是阿布卡恩都力的
　　两双巨脚所化生，
风驰电掣，
不负于雷神的肆虐，
乘其外游盗走其旦女神，
欲与女神媾孕子孙，
播送大地，
使人类得以绵续。
可是其旦女神见大地
　　冰厚齐天，
　　无法育子，
便私盗阿布卡恩都力的
　　心中神火临凡。
怕神火熄灭，
她便把神火吞进肚里，
嫌两脚行走太慢，
便以手为足助驰。
天长日久，
她终于在运火中，

被神火烧成虎目、虎耳、
　　豹头、豹须、獾身、鹰爪、
　　猞猁尾的一只怪兽，
变成拖亚拉哈大神，
她四爪踏火云，
巨口喷烈焰，
驱冰雪，
逐寒霜，
驰如电闪，
光照群山，
为大地和人类送来了火种，
招来了春天。
天上所以要打雷，
就是禀赋暴烈的雷神弟弟
　　向风神哥哥在索要爱妻呢！

附录一　佛赫妈妈和乌申阔玛发

十万年前，普天之下，到处洪水为害。平地几丈深的大水，把地上的生灵万物淹得一干二净，只有长白山上的一株柳树和北海中的一座上顶天下挂地的石矸还在水中立着。不知又过了多少年，这株柳树修炼成人形：身子两头细，腰间粗，一道深沟从头到脚像柳叶似的；石矸也变成一位高大巨人，满头黑发、平顶、大嘴，浑身上下一般粗，两只脚像两个大石球一样。两个怪物离得太远，又有洪水隔着，谁也不认识谁。

柳树被风一吹，发出"拂拂"的响声儿，所以自己起个名叫"佛赫"；石矸被大水冲得发出"空空"的声音，所以自己起个名叫"乌申阔"。他俩一南一北，孤孤单单的，生活没一点意思。

又过一两万年，洪水有些下降。有一天，这两个生灵在自己待的地方，同时发现从水中冒出一团团火球。火球滚到的地方，把水烤干了，露出了地面。心想，要是吹动火球，到处烘烤，水少了不就可以自由自在地到处游逛了吗？想到这，他俩使出无穷的力气，把大火球吹动起来。他俩吹呀，吹呀，吹到哪儿，那地方的水就被烤干，露出大地。不知吹了多少年，两个生灵竟碰到了一起。因为不知对方是什么人，没容分说，都用最大的力量吹动火球，打算烧死对方。这一下可了不得了。大火球互相碰撞，立刻生出无数小火球，落在水里水干，飞到天上天晴，这些小火球越飞越高，照亮了天空，成了今天最小最小的星星。

第十七层天上，住着阿布卡恩都力[①]和他的两位徒弟。他看天上忽然亮了许多，以为是天上的众星出来散心呢。赶到外面，往地下一看，原来是两个生灵，正在你死我活地拼斗。他对大徒弟昂邦贝子说："有了这两个生灵，就有人类了。你神通广大，洪水前你又是人间的萨满[②]，这

---

　　① 阿布卡恩都力：满族萨满教信仰中最高的神——天神。恩都力，神。
　　② 萨满：萨满教信仰活动中跳神作法和主持祭祀的巫师。也称叉玛。在萨满教信仰中，萨满为沟通天、地、人三界的使者。萨满教信仰流行于欧亚大陆北部的渔猎民族。

回派你下界，教会这两个生灵的男女之情，以便滋生后代。"并把一对男女生殖器交给大徒弟，命他安在两人合适的地方。又拿出五件法宝让他传给两个生灵，作防身的武器。

大徒弟领命来到地上，一看两个生灵还是打得难解难分，便用一口法气把他们吹开。

这两个人倒退十几步，抬头一看，是一位身穿黑熊大哈①的红脸巨人，一齐问道："你是谁，为啥阻拦我俩火并？"大徒弟大喝一声："不知礼的东西！我奉阿布卡之命，教你俩人生之道。再说地下国的魔鬼头耶鲁里②要占领人间大地，你俩斗个不停，一旦被魔鬼治死，岂不断了人间烟火？"两个生灵一听，觉得很有道理，忙蹲了一蹲③，表示愿意听他教诲。

大徒弟问了他俩的名字，便拿出男女生殖器，端详半天，不知安在哪个地方好。有心安在头上，又怕风吹日晒，有心安在脚下，又怕路远磨损，便安在两个生灵身体的中间部位，还教会他俩男女之情，称他俩为佛赫妈妈④和乌申阔玛发⑤。临走时给他们留下五件法宝：桑木弓、柳木箭、铜托力⑥、腰铃和手鼓，并教给他俩使用方法。一切办得妥妥当当了，才返回十七层天上去。

佛赫和乌申阔自从有了生殖器，又得到阿布卡恩都力大徒弟的真传，才懂得人间夫妻之情。没几年工夫，生了四男四女。这四男四女长得完全不一样：第一对长得四脚五官都很端正；第二对是尖嘴，一身羽毛，两只翅膀；第三对只有四只脚，人头，浑身披毛；第四对没手没脚，身长头小。因为孩子是女人生的，所以什么事都是佛赫说了算。

他们除了生儿育女而外，还每天练习如何使用这五件法宝。渐渐熟悉了这些法宝的妙用：

> 宝弓宝箭射千里，
> 托力闪光镇群妖，

---

① 大哈：满语，光板皮袄。

② 耶鲁里：满族萨满教信仰中的地下国的头子——魔王。

③ 蹲了一蹲：满族人见面时的一种礼节。

④ 妈妈：满族人对普遍崇敬的女性的尊称，多用于对女神的称谓。

⑤ 玛发：满语，满族对年长男性的尊称，多指老大爷、老爷爷。

⑥ 铜托力：即铜镜，萨满作法时用的法器。一般称托力。

腰铃振动神鬼惧，

手鼓咚咚震八方。

　　有一天，地下魔王耶鲁里想要治死乌申阔和佛赫这一对夫妻的四对儿女，便派他的八个弟子在东大砬子①顶上变成八棵梨树，结了满树大山梨。正赶上乌申阔到东山治水，一见大山梨不知是什么东西，摘下来一吃，又酸又甜，又脆又香，便一口气吃了两树。剩下六棵树的梨，他打算摘下来，让妻儿们尝尝鲜，便抱住树干用力摇晃。这一摇晃不要紧，大砬子顿时山崩地裂，只听轰隆一声，砬子倒塌了，把乌申阔压在山下。八个妖怪刚要高高兴兴地向魔王交差去，佛赫妈妈闻声赶来，一看自己的丈夫被压在石头山下，气得两眼发红，刚要举起托力捉拿八怪，只听空中一声吆喝："徒儿先不必动手，待为师收服他们。"说罢，拿出一个狍皮口袋，大喝一声："进！"只见八怪乖乖地钻入袋中。佛赫妈妈一见，原来是阿布卡恩都力的大徒弟，自己的恩师。她慌忙跪下，痛哭流涕地哀求师父救出她的丈夫。师父叹口气说："要想救你丈夫，非到东海取来赶山鞭不可。这鞭插在海眼里，只有你去才能拔出，用它一赶，山就会搬家，你丈夫才能复活。"佛赫一听，说："为了救出我丈夫，有多大困难我也去。"

　　佛赫随同师父来到东海一看，真是天连水，水连天，一望无边，天地昏昏，日月无光。有一个大海眼，冒出黑糊糊的臭水。她师父指着海眼说："赶山鞭就在那里，你只要诚心，钻到海底就能取出。"佛赫看了看海眼，一狠心跳了下去。她没想到，那个大徒弟一招手，搬来一座大山，死死压在海眼上面，然后把脸一抹，露出他的原形——原来是魔王耶鲁里变的。他放出八个弟子，回到佛赫住的地方，准备抓走他们的四对儿女。他刚想要动手，只听空中一声吆喝："你们这帮无耻之徒，竟敢下此毒手！"耶鲁里等师徒九人不看则已，一看吓得魂飞魄散：原来是阿布卡恩都力率领两个徒弟从天而降。他们一看不好，一溜烟逃回地下国。阿布卡恩都力把佛赫和乌申阔留下的四对儿女接到九层天宫，并派二徒弟镇守大地，这才引起天宫大战，八主治乾坤的故事。

　　自从佛赫和乌申阔被压到山下之后，阿布卡恩都力把他们的四对儿女接上九层天宫，这些孩子天天想念生身父母，一心要找魔王耶鲁里为

---

　　① 砬（lá）子：石崖。

父母报仇。阿布卡再三劝导他们，说他们的能力还打不过魔王，只有学好武艺才能治服魔鬼。

打那以后，阿布卡启发第一对孩子的智慧，教他们弓箭和骑射的本领；教第二对孩子飞腾方法和通递消息的能力；教第三对孩子穿山越岭和互相搏斗之术；第四对孩子没手没足，教他们入地之功和医治病症之术。不知学了多少年，个个都学得了通身本领。

四对孩子一心救父母，报仇心切，觉得自己能够战胜耶鲁里了。就在一天夜里，四对孩子悄悄离开天界，直向东海奔去。海水无边无岸，天连水，水连天，到哪去找额娘①？他们八个人一齐运足气力高喊："额娘，你在哪里？"一连喊了三九二十七天，才听见东海海眼中发出微弱的声音："我在海眼里，被石山压住了身子！"

原来佛赫本是柳树化身，有土有水就能活，又在海底遇上一个躲避洪水的僧格②，认她为师。它打出一个通风洞口，才使佛赫活下来了。

这四对儿女，听到额娘从海眼里传出声来，就拼命地刨山挖石。挖了九九八十一个月，终于救出了生身母。他们母子九人带着小刺猬，又跑到压着阿玛③乌申阔的大山前一看，那座石山变成直冲天上的大石峰，大石峰下有两座又圆又光的小团山，和乌申阔的形象一模一样。

他们也像呼喊额娘那样，一连喊了很多天，一点回声也没有，小刺猬说："我到下面去看看。"说完就打了一个洞，钻了进去。

九天后，小刺猬无精打采地钻了出来，悲痛地说："师父啊，老阿玛因为是神石修成的，已经和山石结为一体了，再也变不回原先的样子！"十个生灵没有办法，只好拜了几拜，含着眼泪回天宫去了。

阿布卡恩都力看见佛赫在海眼中不但没死，反而修炼得道行更大了，便对大家说："我在天界已经执掌了三个洪水混沌④，下一个洪水混沌，我想让佛赫执掌天界，由大徒弟执掌人间。"说完便带着二徒弟升到第十七层天修炼去了。

佛赫自从执掌天界之后，大家公认她是阿布卡赫赫⑤。因为在海眼里修炼多年，她的身形更高了。她把四对儿女配成夫妻，教会他们夫妻生

---

① 额娘：满语，母亲，妈妈。
② 僧格：满语，刺猬。
③ 阿玛：满语，父亲，爸爸。
④ 洪水混沌：神话中说，一个"洪水混沌"为十万八千年。
⑤ 赫赫：满语，妇女。

活之道。她打算由阿布卡恩都力的大弟子昂邦玛发率领他们治理人间世界，给他们做了五个大石罐，能避水避火。还把天上的万生泥和万生柳统统给了他们，叫他们按照自己的模样造出更多的生灵。

第一对男女，按照自己的模样，造出了男男女女；第二对男女，按照自己的模样，造出了天上飞的；第三对男女造出了地上跑的；第四对男女造出了地上爬的。打那以后，人间才有了生灵万物。

五个石罐装不下这么多的生灵，他们又用地上的火球把地上的泥烧成瓦罐，让人们住在瓦罐中。

有了生灵以后，昂邦玛发和四对夫妻又教各种生灵学会各种武艺：教会人类用弓箭专射魔鬼；教会飞在空中的生灵探听魔鬼的动静；教会走兽和魔鬼搏斗的方法；教会爬行生物打洞和治伤。从此，各司职守，过得倒也和睦。

人间有了生灵，被地下魔王知道了。他不由心中大怒，越想越生气。又一打听：佛赫居然成了天上的首领，更是火冒三丈，便发动八十一个海河魔头，八十一个山怪头领，八十一个能飞的妖婆，点起九九八十一洞的小妖，向人间的石罐、陶罐杀去。足足混战了二百八十多年，由于魔王人多道行大，把四对夫妻造出的生灵全部杀光，只剩下昂邦玛发和四对男女。他们被赶得走投无路，只好跑上天界，拜求阿布卡赫赫。

魔王耶鲁里领着三路妖兵，一口气赶到天上。阿布卡赫赫对这些魔鬼冷冷一笑，大喝一声："你们欺人太甚！"说罢就用柳叶做成裙子，用柳木做成鼓圈，用漫天皮做成鼓面，用铁树枝做成腰铃，点上年息香①，打起鼓来，甩动腰铃，请九层天上诸星、诸神。其中有从十六层的众星中请来的南斗六星、北斗七星、造天三星、黑虎五星、白狼星、天狗星、千星、万星；又从十三层、十二层佛恩都力天上请来了八大主神、三十六部贝勒、贝色神；又请来三百六十五位台吉、玛发恩都力和十一层天的七十二位妈妈恩都力；十层天的神兽：虎神、豹神、水獭神、蛇神、鹰神。那帮妖魔鬼怪根本不是各层天上的星神、天神、天母的对手。天上一天是地上一年，一连打了一百零三天，也就是打了一百单三年。魔鬼死伤了大半，剩下的一小半，一部分逃回地下，一部分乖乖投降。投降的有九河十八江的水魔，阿布卡赫赫封他们为各个河口的神主。其中有

① 年息香：用年息花制成的香。年息花即达子香花。

松阿里^①恩都力、萨哈连^②恩都力、呼尔哈^③恩都力、乌苏里恩都力，还有三十六座大小山头的妖头，封他们为各山的山主。一些受了伤的天宫男女诸神落到人间，把伤养好以后，没有回到天上，留在人间治理各地，成了各氏族、各部落的祖先神。

这就是天宫大战，一场神妖之间的大战终于结束了。

天宫大战结束之后，耶鲁里魔王的势力已经挫伤大半，再也没有能力兴妖作怪了。各层天的星宿——恩都力和动物神——奉阿布卡赫赫的指令留在人间，协助阿布卡大弟子昂邦玛发和阿布卡赫赫的四对儿女治理人间。

阿布卡赫赫用了很长时间，教会了她的四对子女和各路神仙，以及动物诸神如何行夫妻之道，从此才繁育出生灵万物。可这洪水之灾不能减少生灵，越生越多，石罐、陶罐再也容纳不了这些生灵，只好向阿布卡赫赫求救。阿布卡赫赫一狠心，把天上一棵生长万物的大神树砍倒，扔在大地的洪水中。大树遇到洪水，不住地生长壮大。那些生灵从石罐、陶罐中爬出来，在大树枝上生存下去。从此以后，生物越来越多，他们沿着树枝、树丫，分散着发展，这才有了各种各类生物，才有了各个氏族的分支。

人类的繁殖没有动物快。人和人配婚以后生儿育女很不容易，阿布卡赫赫就和四对兄妹商量，施行人和动物通婚。这才出现了第三代怪神恩都力——人面豹身的恩都力，鹰头人身的额多力妈妈，通身是鳞的突忽烈玛发，人头鱼身蛇尾的松阿里恩都力……

阿布卡赫赫的四对儿女成了夫妻之后，都起了名字，成了八位大神，治理人间，成了满族及其先民的始祖神。这些古老的始祖大神，都有他们自身的神话传说，这里不再多说了。

树大分枝，不可能哪个地方都一样。有的占据的树枝好一些，便有吃有喝，生活安康。有的占据的那一枝要啥没啥，他们就穷一些。虽说是四对亲姊妹，也为争树枝闹过多次争斗。结果老大一对夫妻繁殖的人类占了上风，兽类其次；只有带翅膀的那一支，因为占不着好树枝，只能到处飞；没有脚的那一支，只能往地下钻，连树枝都没占着。就这样，又不知经过多少年，四对夫妻留下的后代，逐渐疏远了，甚至互相成了

① 松阿里：满语，松花江。
② 萨哈连：满语，黑色，这里指黑龙江。
③ 呼尔哈：满语，牡丹江。

仇敌。尤其是老二夫妻的野兽群，因为本身不聪明，内部分成很多动物群，互相残杀，无止无休。

老大夫妻繁育的人类也为了争夺树枝，促成各个部落互相残杀，无止无休。从此，人间才有了部落和哈拉①。

讲述者：关振川　男　六十五岁　满族　宁安县江东缸窑村私塾先生　私塾

采录者：傅英仁　男　六十八岁　满族　宁安县宁安镇三十三委离休干部　大专

一九三五年采录于宁安县江东缸窑村，一九八七年回忆整理于宁安县宁安镇

附　　记

傅英仁采录的多篇萨满神话是宁安地区一度流传的满族萨满神话。作品的主人公大多为早年满族民间信奉的萨满神。傅英仁在他的《萨满神话故事》一书的后记中说：这些神话从不对外讲述，"只在萨满中流传，严禁泄密，不准外传，带有很大的神秘性。"只有老萨满"在其晚年时才传授给他的得意弟子……民国以后才逐渐放宽一些。"（北方文艺出版社，一九八五《满族宗教志》也记载着："萨满自身……绝禁公开宣泄秘密。"（转引自杨锡春著《满族风俗考》，黑龙江人民出版社，一九九一）傅英仁十四岁（一九三四）学萨满，常年与宁古塔地区的一些老萨满相处，他得天独厚，勤学好问，听到了大量有关满族祖先崇拜和自然崇拜的萨满神话，有的作了简要笔录，但也长期不能向外"宣泄"。二十世纪八十年代，他终于有机会把这些鲜为人知的神话故事整理并发表出来。据宁安县文联讲，他不顾晚年体弱多病，在他人协助下一直继续回忆，仅萨满神话作品已达三十余篇。这里标明的讲述者年龄是采录时的年龄，采录者年龄是整理时的年龄，傅英仁采录的其他篇目的年龄标明情况与此同。

（原载《中国民间故事集成·黑龙江卷》）

---

①　哈拉：满语，姓氏，氏族。

附录二　阿布卡恩都力创世

很早很早以前，大地上没有山，没有岭，一马平川，平平坦坦，一望无边。后来为什么有了山和岭，还有了江湖河海呢？

阿布卡恩都力的二弟子名叫耶鲁里。他的法力仅次于师父阿布卡恩都力，但他心术不正，目空一切，连师父都没放在眼里。师父多次开导他，希望他改邪归正。他呢，是狗改不了吃屎，表面上恭恭敬敬，心里却嘀咕："不用你看不上我，有朝一日，我非夺你的天位不可！"

有一天，阿布卡恩都力率领众弟子到神土山和灵泉水那个地方，对他们说："老天神佛赫恩都力荣升一层天时，临行嘱咐我：'我费了九牛二虎的力气，才造成一个地上国，但我没来得及造人，老三星就召我到一层天去另造一个大地。我给你留下一座神土山和一湾灵泉水，你可以用它造出万物，让他们治理这个地上国。'今天，天上没有什么大事了，咱们师徒动手创造人间万物吧。"

打那以后，阿布卡恩都力就领着众弟子，按照天界的样子，动手创造万物。先造各种飞禽走兽，接着就造人。足足造了九九八十一年，地上才有了各类动物和人群。在这八十一年里，二弟子耶鲁里总是躲躲闪闪的，干了一些见不得人的勾当。他趁大家不注意的时候，偷了不少神土和神水，暗中造了一些妖魔鬼怪，准备夺取天界和地上国。

造完地上的生物以后，阿布卡恩都力召开一次全天大宴，庆贺大功告成。但却没让二弟子耶鲁里赴宴。耶鲁里气得咬牙切齿，暗地把群妖纠集在一起，先抢天库，盗出天上的兵器，又偷出盛土盛水的天葫芦，揭开盖子，把尘土和水一股脑儿倒在地上国的国土上。这一下子，地上国可就乱了：尘土遮天盖日，洪水流向四面八方，瘟疫横行，动物和人群，东躲西藏，叫苦连天，有的受了伤，有的缺了胳膊断了腿，这就留下了残疾人。

阿布卡恩都力知道以后，气得直跺脚，后悔自己当初心慈手软，留下这个大祸根。他立刻命令大徒弟僧格恩都力和小徒弟多龙贝子，率领天兵讨伐耶鲁里。并把随身携带的两把飞天神刀和两把镇天神弓，交给两个弟子。又命令风神安顿玛发和火神突阿恩都力，吹散尘土，烘干大地，救出人群和动物。阿布卡恩都力恐怕两个弟子打不过耶鲁里，又亲自督战。就这样展开一场天宫大战，从地上打到天上，足足打了九年零九个月，才打败了耶鲁里。原来平平坦坦的大地，大战过后弄得沟沟洼洼，这就出现了江湖河海。最后，耶鲁里和他的妖魔鬼怪，被天神剁成一片片、一堆堆，成了今天的山岭。

大战结束后，阿布卡恩都力冷丁想起一件大事：消灭灵魂的神袋，在大战中被妖火烧掉了，所以只能消灭妖魔鬼怪的形体，无法消灭它们的灵魂。耶鲁里和妖魔鬼怪的灵魂不灭，逃进了地下国，天神只好派遣众弟子轮流看守，不许它们出世。可是时间一长，它们会钻空子，趁着看守神不注意的时候，就溜出来祸害人。耶鲁里的灵魂在暗中发誓：有朝一日，还要卷土重来。阿布卡恩都力派大弟子和三弟子，到人间收了不少徒弟，教给他们法术，叫他们专门降妖捉怪，治病救人，人间这才有了各户族的萨满。

自从天宫大战以后，地上国的很多动物绝了种，只留下今天的兽类，还有水里的鱼类。人群比野兽和鱼类聪明，但也留下许多残疾人。更令天神担心的，是那些人和动物，不会传宗接代。多亏造人时剩下两堆神土，一堆丢在柳树下，一堆放在神杵旁，天长日久，这两堆神土按柳树叶和神杵的样子，生出许许多多的小神。他们也不懂互相交配。阿布卡恩都力看到以后，立刻打发三弟子到一层天去向老天神佛赫恩都力讨教。佛赫恩都力就把她开天辟地和乌申阔交合，生下天上群神之事，向他讲述了一遍，详详细细地传授了传宗接代的秘诀。

三弟子回到地上国，把秘诀一五一十地教给那些小神，小神们这才明白如何传宗接代。他们在三弟子率领下，一部分附在人身上，一部分附在动物身上，有了交合，万物才流传至今。人们没有住处，阿布卡恩都力扔下不少石头大罐，让他们住在那里。

可是年深月久，人类越繁殖越多，石罐就装不下了。再加上大水没有退净，人群就无处居住。阿布卡恩都力想出一个办法：他砍倒一棵大天树，扔到地上，人群就沿着树枝的分杈，向四面八方发展下去。从此以后，地上国就出现了各种人类。

再说，人类居住的大地是老三星创造的，后来，耶鲁里从天库里偷来天水葫芦，揭开盖子，全部倒在地上国的国土上。虽然经过天神的努力，治退了洪水，不料有些洪水灌进地里，大地被浸泡，常常出现地震地陷的天灾。阿布卡恩都力派一只经过五次大劫的神龟驮住了大地，天才不塌，地才不陷。可是老神龟好睡觉，只好又派八员大神，手持神鞭看守那个大神龟。只要它一合眼，就用鞭子抽它。它一打哆嗦，又睁开眼睛。这一哆嗦不要紧，地面上便会出现大大小小的地震。

刚有人类时，谁也不知吃肉，只知吃山果山菜充饥，而且住在树上，和各种动物和睦相处，不但谁也不怕谁，有时还互相来往。也有些地方人和动物通婚，如人和熊、虎、豹、各类飞禽，都有成婚的传说。以后，人们越吃越馋，吃山货吃腻了，便异想天开，先吃水里的鱼虾，又吃空中的飞禽，最后竟吃地上的小动物，发展到吃大动物。这才造成人兽不同群，人兽不同婚，人兽为敌的今天这个样子。

自从耶鲁里的一群妖魔被打死之后，灵魂钻到地下，年年修炼，又恢复了人形，可是身上各处都比不上人长得那么周正。有的是一身毛、嘴尖耳朵长的马猢子，有的是人立而行的大怪兽胡拉拉，有的是耳朵长在脑后、成了只有一只眼睛的格鲁古阴风怪。他们日夜都想吃尽地上人群，想冲到十七层天上去杀死各位大神，夺取天宫。可是天上自从天宫大战以后，把守得更加严密，连个苍蝇都飞不进去。群魔天天琢磨办法，阴风怪忽然想出一条妙计，便向耶鲁里奏禀：“我的主子，我倒有一条妙计。主子，你还记得吧？每年九月初九，地上国的各部分别从天桥岭到天上朝拜阿布卡恩都力，尽情地吃喝玩乐三天。咱们何不借机假装部落人混到天上，阿布卡分不清人妖，咱们趁机杀他个片甲不留，夺下天宫。即或不成，那些老百姓也会受到阿布卡的屠杀，岂不破坏了他们之间的关系！对以后夺取天宫也有好处。”

耶鲁里高兴地同意了阴风怪的损招。他们假装苦难人，投进天桥岭附近的一个大部落，假意掉着眼泪，苦苦哀求收留他们这帮可怜虫。部落人心软，真就收了这帮披着人皮的妖怪，还领他们到天宫朝拜阿布卡恩都力。

到了天上人们都规规矩矩地到处观景，这帮妖怪见什么拿什么，什么好吃吃什么。

到朝拜那天，人们刚刚跪倒，阿布卡恩都力笑嘻嘻对大家说：“今年你们朝拜天宫比往年可不一样，因为有了新客人，就是耶鲁里派来的奸细！"说完就一声令下，天兵在人群中把妖怪一个个拽了出来，绑在西面早已备好的木桩上，扒掉披在外面的人皮，让他们露出了原形。大家这才明白，都感激阿布卡恩都力神眼识妖魔。可是也有几个妖怪装得很像人类，竟躲了过去，至今仍然混在人群里，所以至今仍有坏人。

讲述者：关振川　男　六十五岁　满族　宁安县江东缸窑村私塾先生　私塾
采录者：傅英仁　男　六十八岁　满族　宁安县宁安镇三十三委离休干部　大专
一九三五年采录于宁安县江东缸窑村，一九八七年回忆整理于宁安县宁安镇

（原载《中国民间故事集成·黑龙江卷》）

附录三 老三星创世

　　世界上什么时候有的天，什么时候有的地，什么时候有了人类？天、地、人是怎么形成的？世间万物是谁创造的？对这些问题的解释，在满族的传说中和汉族盘古开天地的传说中说法是不一样的。

　　满族传说最早的宇宙间什么也没有，宇宙空间里整个充满了水，混混沌沌，一片汪洋。但当时的那个水和我们现在人间的水不一样，满族萨满教称这个水为"巴那姆水"，也叫"真水"。巴那姆水是满语，翻译成汉语叫"地水"。这种水能产生万物，也能消灭万物。

　　这种巴那姆水是由两种不同的水组成的。比较重的是巴那姆水，比较轻的就叫水。这一重一轻的两种水在一起开始不停地互相撞击，产生了许许多多大小不等的水花；这些水花再互相撞击，又产生了许许多多大小不等的水泡；这些大大小小的水泡再互相撞击，又产生了大大小小的水球，再后来，这些大小不等的水球又互相撞击就产生了火花。这话现在听着有点玄，但据说远古时期火却真的是由水产生的。

　　这种火花又不知撞击了多少年，从小火花、中火花、大火花直至产生了大火球。大火球之间又经历许多年的互相撞击，于是宇宙间出现了两颗巨星，一个是大水星，一个是大火星。大水星和大火星又不停地撞击，产生的火花更大，照得宇宙一片通亮。后来，这些大火花又不断地相撞、相聚，不知聚、撞了多少年，就产生了大光星。从此，混沌的宇宙产生了三种灵气：水、火、光。大光星产生的最晚，它和大水星、大火星不一样，它除了自己本身能发出光来外，更重要的是它带有灵气和灵性。所以说，大光星一产生，就主管着大水星、大火星。这样，由混沌的初分，产生了"创世之神"老三星。

　　又过了很多很多年，老三星成神了，成了宇宙间的三位古神，也可以说成了三位原古神。这三位原古神，经常是合成一个星体，即含有水、火、光三种灵气的一个神，但仍称为老三星。有了老三星，才产生了天空中的万星，才产生了天、地、人，才产生了阿布卡赫赫和阿布卡恩都力和其他一些神。这样才构成了天上有生物，并且有了神，有了裂生的神。所以说，老三星是万物万象之主，没有老三星就没有一切。

前边说了，老三星产生之后，宇宙间就产生了灵气。这灵气是老三星的真元之气，它和老三星同时产生。灵气产生之前，和水混合在一起的有一种气体叫混元之气。混元之气没什么害处，但它是黑的，不透明的。老三星产生后出现了灵气，才把这种混元之气澄清了，这种混元之气往上升成为灵气，造出了天宫，也就是第一层天。下沉成为浊气，这种浊气同巴那姆水混到一起，巴那姆恩都力用它和七彩神土造出了大地。

所以说，灵气不能到地下去，只能在地上和空中飘浮着。它紧紧地包围着天地，以保护天上人间以及地下不受外来侵犯，使得天、地以及地下都能够平平安安。直到现在，这种灵气还在一直保护着这个世界。因此说是灵气产生了智慧，产生了万能。老三星借助这个灵气造出了万事万物。

在宇宙间，有一群专门和天上人间作对的星座，老百姓称作扫帚星①。这种扫帚星能够破坏一切，不管是什么星座，只要一碰上它，就会体无完肤乃至毁灭。所以，灵气也时时保护着天上人间不被扫帚星伤害。而后来大地上出现的邪魔也和扫帚星有关系。

后来，天、地、人形成了，世上万事万物都有了，老三星就退到第二、第三层天了，把位置让给了新三星。这新三星就是佛托妈妈、堂白太罗和纳丹岱珲。

造出天宫、大地和万事万物后，老三星就裂生了五个徒弟，也就是五位原古神。

第一位是阿布卡赫赫，翻译成汉语是"天母"，是女性神。在那时候不管男性神还是女性神，都只是一种标志。因为在那时的神没有男女交合的性能，都是天然形成的神体。阿布卡赫赫代表的是仁慈，不愿杀戮。

第二位是阿布卡恩都力，翻译成汉语是"天神"，这是位男性神。他的性情暴躁，看到不平的事情或妖魔鬼怪残害百姓，他都会出面，除暴安良，保护人间太平。所以老百姓有个习惯，一遇着危难遭灾，都要喊："老天爷，老天爷帮帮我吧！"这个老天爷就是指阿布卡恩都力。

---

① 扫帚星：民间传说中认为是不祥的星座。

第三位是巴那姆恩都力，翻译成汉语是"地神"。

第四位是敖钦大神，这位神力大无穷，能搬动高山大地，最后累死在人间，尸骨分解后化成了大地上的山川河流。

第五位是耶鲁里①，他和前面四位大神完全不同，是一个大魔鬼。

那时，天上传宗接代的繁衍方法有五种，即裂生、湿生、化生、胎生、卵生。裂生就是由原来的一个，经多年后分裂成两个、三个……到无数个；湿生就是凡是潮湿的地方都能产生小动物；化生就是根据宇宙的变化，从一种生物变成另一种生物；胎生、卵生好理解。这五种繁育方法是萨满教的观点。

这种裂生的神，它是从老三星本身的智慧加上灵气混合而产生的神。它生来就带有神性，不用刻意去修炼。这种裂生的神永远不死，除非是老三星使用一种神术把它分解了才能死，而且即使分解后，到一定的时间它还会重新合成，是一种很奇怪的神仙繁殖方式。重新合成的神叫再生神。

阿布卡赫赫带着另外四位裂生的原古神，用了很长时间把天宫造成一个五光十色的世界。他们还把老三星给的三宝之一——"天灯"挂在天宫。天灯照得天宫光芒四射，雄伟壮观。所以，后来大魔鬼耶鲁里变着法要夺取天宫。

那时，世上已有了人，人和神没有什么区别，神可以到人间来，人也可以随时到天上去。等到以后，耶鲁里这些妖魔鬼怪也混在人群里上天，被天神发现后，把这些妖魔撵了出来，打入地下国。但由于没撵干净，有些妖魔又混入人群中躲藏了起来，所以，现在世上还存在坏人。

在造万物的时候，没有邪魔，人们一天就知道生产、打猎，天上的神就知道制造万象万物，所以，阿布卡赫赫虽然是神，却一点儿没有降妖制邪的办法。

老三星临走之前对阿布卡赫赫说："有几件事告诉你，你可千万千万记住。第一件事是你要注意耶鲁里，他已经变成魔鬼，如你不提防，将来要受他的害。第二件事是一旦耶鲁里为害，要千万保住灵魂山。他要是把灵魂山夺去了，就会在大地上称霸为王。"说到这里，老三星脱下外衣给阿布卡赫赫："到时候，你把这件外衣抛到空中，它会保护灵魂山。"

----

① 耶鲁里：地下国的魔王。

接着又说："第三件事是你千万记住，遇到大难时，你把我给你的神衣神帽抛出去，它会保护更多人的性命。你如果遇到大的危险，就冲南方烧年息香，连喊我们三声，我们就会前来救你。"

阿布卡赫赫虔诚地说："师傅，我记住了。"

（原载《满族萨满神话》黑龙江人民出版社二〇〇五年出版）

附录四　阿布卡赫赫创造天地人

阿布卡赫赫是老三星裂生的第一个大徒弟，她创造了天、地、人，创造了万物，是整个宇宙的始母神。

她在老三星那里学了二十七个天年，学了许多法术，成为第一代天神，被称为天母神。

老三星教完她法术，又带她走了二十七个神洞。这二十七个神洞里头画着以后历代的历史图画，她从中看到了老三星是怎样创造了宇宙，也看到了老三星怎样裂生出她们五个师兄弟，还看到了以后社会发展的情景。老三星嘱咐她说："你需要到外边走一走，在大洪水以后留下几位上劫①的神，你要去寻找他们，让他们帮助你们几个师兄弟来建造天地和万物。"

阿布卡赫赫奉老三星的命令，周游天下，一直走到东方的东海岸。眼前是一片壮阔的大海，在海的岸边有一座小山。再一细瞅，在小山的山根旁长着一棵大柳树，这棵树青枝绿叶的。她感到很奇怪，因为洪劫早已把宇宙的一切都冲刷干净，唯独在这里还生长着这么一棵树。她赶紧走到大柳树的跟前一看，每一片树叶上都有一粒像珍珠似的东西在晃悠。她更纳闷：别的生物都死了，这棵树却活着，还这么枝叶茂盛？正要上前看个究竟，突然从这棵大树的树洞里蹿出来一个很大的东西，是个活物，而且浑身长满刺。她也认不出这是什么东西。这怪物一看到阿布卡赫赫就吱呀怪叫了一阵子，然后站在一旁盯着这棵大柳树。阿布卡赫赫要是到树跟前，它就使出力气往出喷气，使她无法近前。

阿布卡赫赫没有办法，回去把所见的一切如实对老三星说了。老三星说："我给你一个竹笼子，里边放着一朵黄花，到那之后，你把这个笼子放在那儿，那个动物看到笼子和黄花就认你了。"

---

① 劫：萨满教认为，宇宙的一个起始至结束为一个大劫，一个大劫有三个中劫，一个中劫有九个小劫，一个小劫是天国的八十一万天年。

　　按照老三星的盼咐，阿布卡赫赫带着竹笼子来到东海岸的那棵柳树跟前，那个动物果然又奔她来了。她赶紧把竹笼放下。那个动物到跟前一闻那朵花真的就明白了，它来到阿布卡赫赫面前点了点头，也没说话。阿布卡赫赫就问它："哎，你是谁呀？"那个动物回答："我是上一劫的天兽，名叫僧格①，我在这棵大柳树下躲过了洪劫，一直活到现在。"阿布卡赫赫说："那你知道这棵大柳树是怎么回事吗？"僧格恩都力说："这个我不明白，你去问问柳树吧，它也会说话。"阿布卡赫赫走到柳树跟前。僧格恩都力冲着这棵大树嚎叫了三声，这树还真说话了。大柳树说："来的是不是第一代天神？"

　　阿布卡赫赫回答说："我是阿布卡赫赫，你是什么时候生的？你能不能告诉我，你是怎么来的？"柳树没有直接回答，却问道："阿布卡赫赫，洪水退了没有？"阿布卡赫赫说："退了，有些地方已经露出地面了。"大柳树说："你不是问我从哪里来的吗？实不相瞒，我是上劫的柳树。那时我们树是会走的，看哪里不好可以自己挪动地方。大洪水来的时候，我们这些树被冲得七零八落，那些同伴也不知都冲到什么地方去了，只剩下我和大师兄②海兰妈妈③。在洪水来的时候，海兰妈妈就对我说：'咱们的师傅已经到第六层天去了，他已经把天上的一切神灵都附在你身上了。'"接着，大柳树又对阿布卡赫赫说："你看，我身上这些树叶上的珍珠似的东西就是上劫后的灵魂。"

　　大柳树又接着说："多亏了我的小徒弟僧格恩都力与我相依一同躲过了这一劫。可以说是我仰仗小徒弟的灵气保住了性命，同时我又用自己的生气保护着它能生存下来。正好你来了，你有没有什么法术让我恢复原来的样子？"阿布卡赫赫说："好吧，我能让你恢复原样。"

　　说着，阿布卡赫赫退出一百多步，对着柳树推了三掌。把大柳树推倒后，又朝着柳树连着吹了三口法气。柳树一打滚变成了个女人。这女人的两个乳房比一般女性大几十倍。柳树很高兴，对阿布卡赫赫说："对，我在上劫就是这个模样的，感谢你让我复活，现在就让我拜你为师吧！"

　　① 僧格：刺猬。

　　② 大师兄：那时男女间的性别只在形体上有差别，在性能和观念上没有区别，所以对女性也称师兄师弟，而不称师姐师妹。

　　③ 海兰妈妈：榆树神。海兰，榆树；妈妈，尊称，类似汉族对有身份有地位的女性尊称"奶奶"。

说着就赶忙跪下给阿布卡赫赫磕头。阿布卡赫赫说："好，那我就收你为第一个徒弟吧！"这时，大柳树又把僧格恩都力叫过来，让他认阿布卡赫赫为师爷。

师徒三个人坐在山顶上唠了起来。阿布卡赫赫说："现在天宫什么也没有了，我还想继续找，看能不能找到和你们一样的上劫保留下来的生灵。"大柳树说："那行，我跟你走，我能找到我师兄海兰哥。"

师徒三个边走边唠，阿布卡赫赫问大柳树："你叫什么名字啊？"大柳树说："这么多年我早已忘了自己叫什么名字了，我现在还没有名字呢。"阿布卡赫赫说："这样吧，你就叫佛哩佛托赫，简单说就是佛托①。"柳树重复了三遍"佛哩佛"说："我记住了。"又问阿布卡赫赫："那我身上这些灵魂怎么办呢？"阿布卡赫赫说："有办法，我师傅在天宫建起两座山，一座是灵魂山，一座是乌春山。你可以把身上带的这些灵魂都放到灵魂山。灵魂山有洞，叫灵洞，你把这些灵魂放到最上面的灵洞里，安排好后咱们再去周游天下。"佛托妈妈说："我的两个乳房是为给这些灵魂喂食而长的，这些灵魂如果不喝我的奶他们就活不了。"僧格恩都力说："不要紧，你把乳房交给我吧，到时候我给他们喂奶，顺便看守着灵魂山不受外来破坏。"

这样，佛托妈妈就把自己的两个乳房交给僧格恩都力。僧格恩都力从此便替师傅佛托妈妈看守着灵魂山。

阿布卡赫赫领着佛托妈妈继续寻找上劫的遗存生物。师徒俩走到一条河边，只见河水从西往东缓缓流去。河旁边有一个小土坡，土坡上长有一棵干枯的榆树。那棵榆树比现在人们见到的粗多了，得二十多个人才能搂过来。走到树前，佛托妈妈就站住了，她对阿布卡赫赫说："师傅，我师兄就在这棵大榆树里呢！我招呼招呼，看能不能叫醒她。"

说着，她就折了一根干榆树枝，照着榆树连磕三下，磕得榆树嗡嗡作响。接着大声喊："海兰哥！海兰哥！海兰哥！"连叫了三声，就听到树洞子里头有回声，就像有人答应似的。佛托妈妈高兴地说："哎呀，这正是我师兄的声音，我要把这棵树劈开，只要能劈开树就可以把我师兄救出来。师傅，你能帮我吗？"阿布卡赫赫说："这个容易。别说是棵树呀，就是一座山我也能把它劈开的。"说着，阿布卡赫赫运足了气力，照着这棵榆树拍了三掌。只见这棵树随之便裂开一个缝，师徒两个进到树干里。

---

① 佛托：柳树。

进去一看，果然有一个人躺在那里，身上已经长了一身榆树叶。佛托妈妈一看就哭了："师兄呀，你怎么还睡呀，你能不能醒来啊？"可是，无论她怎么叫她的师兄也不醒，急得她对阿布卡赫赫说："师傅，怎么办呢？我怎么这么叫她她也不醒啊？"阿布卡赫赫说："咱们得赶快去灵魂山，取一葫芦你的乳汁，浇到你师兄身上，她就能醒。"

阿布卡赫赫和佛托妈妈师徒两个急匆匆回到灵魂山，灌了一葫芦乳汁又回到大榆树旁。师徒两个把乳汁往佛托妈妈师兄身上一浇，不一会儿，树叶动弹了；再一会儿，躺着的那个人一下子起来了。佛托妈妈赶忙把她身上的树叶都扫掉，正是佛托妈妈的师兄海兰妈妈。海兰妈妈抬头一看是自己的师弟，大哭起来："师弟啊，没想到咱们还能见面啊。洪劫来临时，我就钻到这棵老榆树里，那时老榆树还活着，要不是这棵老榆树，恐怕我早就死了。"

佛托妈妈看到师兄手里还拿着一个兜子，就问师兄："你手里这个兜子装的是什么？"海兰妈妈说："这里装的是上劫所有的树种，我一直带着。"佛托妈妈说："哎哟，那太好了。"海兰妈妈说："咱们把这些树籽撒到地上就能长出大树。"佛托妈妈想了想说："那得多长时间才能长成大树啊？"师兄说："没关系，只要用你的乳汁浇灌，这些树就能长得快。"这时，佛托妈妈才想起把师兄介绍给阿布卡赫赫，于是拉着海兰妈妈对阿布卡赫赫说："师傅，这就是我的师兄海兰。"回过头来又对海兰妈妈说："这是咱们的再生师傅，赶紧磕头吧。"海兰妈妈这才知道是阿布卡赫赫救了她，于是也随着佛托认阿布卡赫赫为师。

阿布卡赫赫就是这样收了第二个徒弟海兰妈妈。

海兰妈妈拎着手里的树籽口袋，跟着师傅、师弟三人边走边到处撒树籽，她在前面撒，佛托妈妈就在后面用她的乳汁浇。你说怪不，不大一会儿，就见这些树苗都长起来了；又不大一会儿，就见这些树苗又都长大了。这些树长大后还能自己到处走。海兰妈妈对阿布卡赫赫说："我们这些上劫的树都会走，咱们撒下的都是上劫留下的树种，当然也会走的。"

正在说着，海兰妈妈看到有一种松树走得最快，大伙儿还都躲着它。这是怎么回事？海兰妈妈于是大喝一声："你停下！"这一喊，就把这种树都留下了。原来其他树种都去找地方落脚生根，可这种松树很懒，不愿去找地方，它是看哪种树占的地方好，就喷出一种毒气把那种树烧死，然后自己占领人家的地盘。海兰妈妈一看十分生气，对松树说："看来你是本性难改啊？上劫我就要把你制住，还没来得及就遭到洪劫。你不要再在这里祸害其他树木了，上北方最寒冷的地方去吧。从这以后，只许你夏天穿衣服，冬天就不要穿衣服了，在那里好好冻一冻，改改你的臭毛病吧。"从此，这种松树冬天再也长不出叶子，就变成了冬天落叶的光秃秃的落叶松。

佛托妈妈自从找到了海兰妈妈后，就总惦记着放在灵魂山的那些自己身上的灵魂，也不知那些灵魂修炼得怎么样了，她就想回去看看。阿布卡赫赫看出了她的心思，就对她说："你回灵魂山去看看吧，把灵魂山好好修建起来，将来地上有人类的时候，灵魂会越来越多，灵魂山上的灵魂洞恐怕容纳不下。"

就这样，佛托妈妈告别了师傅阿布卡赫赫，回到灵魂山去了。

阿布卡赫赫领着海兰妈妈继续寻找洪劫遗存的生灵。走着走着，来到一个平原地带。这时的大地都已长满了各种树，已经不是当初那种荒凉景色了。这天师徒两人来到一个大土包上，只见这个大土包长满了七色毛。这些七色毛的枝干是红色的，毛是七种颜色的，迎风一吹，非常好看，看得阿布卡赫赫站在这里也不愿离开了。

海兰妈妈就问旁边的一棵榆树："这里是什么地方？"榆树回答说："这里叫安车骨①。"海兰妈妈问："这里为什么长七彩神草呢？"榆树说："这个我说不明白。那个土包里有一位入睡的神，也不知道她是什么时候在这里入睡的。只要让她醒过来，也就知道七彩神草是怎么回事了。但是我去看了几次，她总是不动弹。"海兰妈妈说："那你带我去看看吧。"榆树就领着海兰妈妈她们来到土包旁。到土包上阿布卡赫赫用慧眼一看，只见里面真的躺着一个人，像睡觉似的，旁边还蹲着一只鹰。人像是在睡觉，鹰在那里张开翅膀保护着这个人。

于是阿布卡赫赫运用法力打开了这个土包。土包打开之后，这只鹰从土包里直奔阿布卡赫赫飞去，要叼阿布卡赫赫的眼睛。阿布卡赫赫毫不惊慌，用神功制服了大鹰，厉声问道："你是谁？为什么躲在土包里？"神鹰回答："我是上劫的神鹰，在这里保护我的师傅。你是干什么的？"阿布卡赫赫就把洪劫发生以来的事情经过详细地对神鹰讲了。神鹰听后，掉了些眼泪问："那我那些同伴都已经没了吧？"阿布卡赫赫说："有，他们的魂都在灵魂山上呢。"

---

① 安车骨：古地名，在今黑龙江省五常一带。

阿布卡赫赫又用法力把躺着的那个人治活了。那个人号啕大哭，阿布卡赫赫就问："你哭什么？"她说："我们师徒一共是十八个，怎么就剩下我一个了呢？"阿布卡赫赫说："你先坐下安静一下，我慢慢告诉你。"于是阿布卡赫赫把洪劫以来的情况详细对她说了一遍，这个人才明白原来时间已经过去几千个天年了。于是就问阿布卡赫赫："你老是谁？是不是也是洪劫留下的？"阿布卡赫赫说："不是，我是老三星裂生出来的。"她一听裂生就明白了，说："裂生在洪劫很早以前有，可我不是，我是制造出来的。"这话阿布卡赫赫倒不懂了，就问她："什么叫制造？怎么制造？"她说："我们那时候不叫神，叫安托，我们那时的安托，看到什么会做什么，而且不管活的死的都能做出来。"阿布卡赫赫问："那你会制造吗？"那个人回答："会，可是我只带出来有翅膀会飞的灵魂，所以我只能制造会飞的，别的我不会做。"阿布卡赫赫一听又很惊奇，问什么是带翅膀的？那个人就如此这般地给阿布卡赫赫讲了一遍。然后海兰妈妈对那个人说："这是我师傅，叫阿布卡赫赫。我也是洪劫留下来的，现在的事什么也不懂，就得靠师傅指点。你要想生存，也得认我的师傅为师傅，她会帮助你。"听了这话，这个人当时就给阿布卡赫赫跪下了，说："我叫安托，这是我以前的名字，今天也拜你为师，请你老指点我修炼。"阿布卡赫赫说："可以。来，我先给你起个名，你就叫安车骨吧。"这样，安托有了自己新的名字——安车骨。她很高兴，又一次跪下给师傅磕头。

过了一会儿，安车骨从腰里拿出一个四方小盒，冲着盒子高喊了几声，然后用手划拉了三遍，盒里的灵魂就活了。阿布卡赫赫低头一看，地上长出了七彩神草和树枝。安车骨就用这树枝和七彩神草做出一个个飞鸟。没几天工夫，宇宙间飞满了各类飞禽，而且飞禽的个儿越来越大。这些飞禽个儿大，飞得不高，翅膀一扇，能把大山给扇得飞沙走石。从那开始，天空便有了飞禽。安车骨妈妈从此成了阿布卡赫赫收的第三个弟子。

接下来，阿布卡赫赫带着海兰妈妈继续上路了。师徒两个来到一条大河边，这条大河比过去见到的所有河都宽。师徒两个就想着河水里也许有洪劫留下的神灵，于是师徒俩便走到大河里。

他们顺着河水往下走，走出没多远，就看见前面水中有个大石头，这块大石头十分奇怪，有鼻子，有眼睛，有嘴，就跟后来人的形状一模一样。在这个石头的嘴上还趴着一个水獭，水獭不时地往石头嘴里吹着气。水獭抬头一看阿布卡赫赫来了，突然跳起来扑到阿布卡赫赫怀里，并向阿布卡赫赫问道："现在是什么时候？洪水是不是退下去了？"阿布卡赫赫一听，知道这又是洪劫遗留下的生灵，就对水獭说："水獭呀，你还不知道呢，洪水已经退下去了。巴那姆恩都力已经造出了大地，你可以从水里出来了。"水獭回答："不行，我不能走，我师傅还在石头里呢，我要把她救出来。现在我也没有力量打开石头，你要是能够打开石头，能把我师傅救出来，我就请我师傅拜你为师。"阿布卡赫赫说："那容易。"说完，她运足力量就照着石头人击了三掌。只听"咔吧"一声，石头人裂开了。一看，里面躺着的是一位老太太。阿布卡赫赫对水獭说："你运足气力往你师傅嘴里送气，我再用神功把她救活。"

这样水獭和阿布卡赫赫互相配合，不大一会儿，这位老太太就苏醒过来了。她睁眼一看，自己的徒弟和两个不认识的人站在面前。老太太赶忙起来，深深地请安："两位神灵，你们是从哪里来？现在是什么时候了？"阿布卡赫赫把情况一说，老太太明白了，原来自己已经过了一劫，是在徒弟的保护下才活下来的。

阿布卡赫赫又问她："既然你是上劫的神，那么你叫什么名字？"老太太说："这么长时间睡在这石头里，我什么都忘了。至于名字叫什么，有什么法力，我也全没记忆了。"阿布卡赫赫说："那么我给你起个名字吧。既然是水獭保护你免遭灾难得以存活，水獭对你有恩，那你就叫海伦[①]吧。"老太太点点头挺高兴地说："好，我就叫海伦。"接着海伦妈妈对阿布卡赫赫说："我在江河湖海还有很多徒子徒孙，我去把他们也都召集起来。"说完，海伦妈妈就一头钻到江水中去了。

不大一会儿，就见江水中涌出了许许多多的鱼，有大有小，各种各样。只听海伦妈妈对这些鱼发出一种特别的声音，这种声音别人听不懂，鱼类却能听懂。听到这种声音，这些鱼就都齐刷刷地游走了。海伦妈妈从水中钻出来问阿布卡赫赫："既然你给我起了名字，能不能再传授我一些法术呢？"阿布卡赫赫说："好吧，我可以激活你从前的神性，让你恢复原来的神功。另外再教你一些法术，让你保佑江河湖泊中的生灵。"

海伦妈妈一听挺高兴，赶忙来到阿布卡赫赫跟前，要学法术。阿布卡赫赫让海伦妈妈闭上眼睛，运用自己先天的神力，照海伦妈妈的脑瓜顶连拍三掌。海伦妈妈的神性一下子恢复过来，回忆起了丢失的神功。后来，阿布卡赫赫又教给她许多新的神功，所以海伦妈妈比其他神能耐

---

① 海伦：水獭。

都大些。

海伦妈妈一看阿布卡赫赫果然神法无边，就说："既然这样，我就拜你为师吧。"说着便跪下磕头。

这是阿布卡赫赫收的第四个弟子。

一天，海伦妈妈对阿布卡赫赫说："师傅，我有个师兄叫突忽烈[1]，她现在在海里呢。"阿布卡赫赫说："那你能不能领着我们去看看？"海伦说："行，我这就领你们去。"这样，海伦妈妈就领着阿布卡赫赫、海兰妈妈奔东海岸去了。

来到东海岸，海伦妈妈冲着大海连喊几声，海水便分开了，让出一条通路，师徒三个沿着这条通路走进了大海。

走进大海，阿布卡赫赫就看到了一个石洞，这石洞玲珑剔透，像透明的房子似的。阿布卡赫赫师徒三人走了进去，里面坐着个老太太。这老太太一看海伦妈妈来了，顿时放声大哭，边哭边数叨："师弟呀，这一场灾难可把咱们害苦了，你是怎么活到现在的呢？"

海伦妈妈便把自己生还的经过向师兄一一诉说。然后，她把自己的师傅阿布卡赫赫介绍给突忽烈妈妈："这位就是我新拜的师傅阿布卡赫赫。"

突忽烈妈妈很瞧不起阿布卡赫赫，便问："请问你是哪里的神呢？"阿布卡赫赫说："我是掌管现在的天上地下一切的神灵。"突忽烈妈妈一听吓了一跳："你跟我师傅一样啊，我师傅在上劫也是掌管天宫的。真是缘分啊，这样我也拜你为师吧，你就是我新的师傅了。"

突忽烈妈妈拜完师后对阿布卡赫赫说："师傅，我手下有五支队伍，它们还都活着。这五支队伍都是水里生的。一支是鲸鱼，这支队伍其大无比，谁也惹不起。还有一支是两栖动物乌龟，它既能在岸上爬，也能在水里游。"说完，突忽烈就把她的几支队伍调来让阿布卡赫赫看。

不大一会儿，就来了一大群鲸鱼。阿布卡赫赫一看，那个鲸鱼真大呀，嘴要张开简直能吞进大象，乌龟的个头儿也其大无比。阿布卡赫赫对突忽烈说："你就镇守在大海里吧。等我领你上天去认了路，以后咱们好能通消息。"

突忽烈妈妈说："恐怕我不能跟你去，因为一上岸我就不会走路，还是让我永远待在海里吧，海里的事我可以管。"阿布卡赫赫说："不要紧，

---

[1] 突忽烈：鲸鱼、乌龟。

我可以教给你能够上岸的法术。"于是阿布卡赫赫就教给她在岸上怎样呼吸，怎样走路。等突忽烈学会了，阿布卡赫赫就说："等我回天上时把你们都带去，我在天上开条天河，那样，你们就可以在天河里待着了。"突忽烈高兴地答应了。

就这样，阿布卡赫赫收下了第五个徒弟。

时间长了，海伦妈妈开始想念大江，这天她就对阿布卡赫赫说："师傅我也回到大江去吧，有什么事你可以招呼我。"阿布卡赫赫说："行，你还回江里待着吧，上天时我再叫你。"海伦妈妈说："我不愿意上天，愿意永远待在大江里。等将来有了人类，我可以帮助地上的人们解决难题。"

就这样，海伦妈妈也回到了大江中。

阿布卡赫赫领着海兰妈妈又走了。他们来到一座大山前，这山很高。他们走到半山腰一看，山腰里还有个小山包，这小山包上像盖了一张什么皮似的，而且这皮还直动弹。

阿布卡赫赫刚要走上前仔细看看，只见这个皮样的东西底下"噌"一下蹿出一只猛虎奔阿布卡赫赫而来。

阿布卡赫赫一看，这只猛虎和天虎不一样，有两个犄角，浑身雪白透明，太阳一照闪闪发光，两只眼睛冒着青光。阿布卡赫赫知道这不是一般的动物。

海兰妈妈明白，知道这是上劫的动物，就拦住老虎用那种语言同老虎对话。唠了半天。海兰妈妈告诉阿布卡赫赫："这只虎从前不叫虎，它是在这里保护一位入睡的上劫的神灵的，这个山包就是那位入睡神灵的位置。"说完，海兰妈妈又对老虎说了些什么，老虎这才知道，阿布卡赫赫是一位天神，便对阿布卡赫赫肃然起敬，趴在那里不动弹了。

阿布卡赫赫到小山包上一看，山包下有一个洞，正是老虎趴着的那个地方。海兰妈妈冲着洞说了一些什么话，就见从洞里冒出一股青烟。一转身，原来是一位身着白色衣裳的白发苍苍的老太太走出洞来。

这位老太太认识海兰妈妈，一出洞便同海兰妈妈唠了起来。两人唠了一会儿，海兰妈妈便向她介绍了阿布卡赫赫。这位白衣老太太当即跪下给阿布卡赫赫磕头。阿布卡赫赫问海兰妈妈："她叫什么名字？"海兰妈妈说："上劫的时候，名字都很长一串，也不好记，你另外给起个名吧。"阿布卡赫赫一寻思，老虎是白的，老太太穿的衣裳也是白的，就叫赛音①吧。

赛音妈妈拜谢之后，说："我还有十个石罐子，是上劫动物的灵魂，我也带到这劫来了。"

阿布卡赫赫就这样收了第六个弟子赛音妈妈。

接下来，阿布卡赫赫又收了四个徒弟：萨哈连妈妈、粟末②妈妈、漠里罕③妈妈、完达哈④妈妈，这样，前后加起来，她总共收了十个徒弟。

收了这十个弟子后，阿布卡赫赫便领着海兰妈妈到第三层天老三星那里去了。

老三星听阿布卡赫赫讲述一遍收录弟子的情况很高兴，就对阿布卡赫赫说："你收的这十个弟子，不但能帮助你造天，还能给大地创造万物。你现在就可以造天了。"又问："你造天还有什么困难吗？"阿布卡赫赫说："有，地上已经有江河湖海，可天上一点水也没有，怎么办？"老三星于是交给她两个葫芦，一个葫芦里是清水，一个葫芦里是浊水。老三星说："拿着这两个葫芦，你和敖钦大神开两条天河，把这两葫芦水倒进天河里就会有水了。"

阿布卡赫赫带着老三星给的两葫芦水回到了第一层天，开始率领师弟、徒弟及敖钦大神造天造地造天宫。他们造出的天宫一共有十八个大寨、七十二个小寨、一百零八个神洞，又种下了天音树、天花树。这样一点缀，天宫变得五光十色，十分美丽。

这时大地也同时由敖钦大神和巴那姆妈妈造完了，并且长满了会走的树。

赛音妈妈拿出自己的十个石头罐子，准备把天兽放出来。其中五个罐子放到天宫，五个罐子放到大地。她刚要把往大地放的罐子打开，阿布卡赫赫阻止说："你先别打开，我用七彩神土先给放到地上的天兽安上生殖器，让它们在大地上能够继续繁衍后代。"

这样，阿布卡赫赫把在大地放出的天兽安上生殖器，动物才有了雌雄之分。从此，大地有了百兽，有了水陆两栖动物，就有了胎、卵、湿、化的生育方法。

后来，宇宙就被阿布卡赫赫分为三层：一是天，二是地，三是地下

---

① 赛音：白色女子。

② 粟末：部落名称，在今松花江一带。

③ 漠里罕：部落名称。

④ 完达哈：本为满语常用的语尾词，此处为部落名称。

（也叫地下国）。

阿布卡赫赫又请示老三星："我在第二小劫以前用七彩神土造的人，在和敖钦大神造地时都累死了，现在地上没有人了，怎么办呢？"老三星说："你回去之后，从动物中选些头脑聪明、能够站立起来、前后肢能够分开的，然后找佛托妈妈造些人的灵魂装上，人类就会产生了，他们自己就可以繁衍后代。但他们只能流传到第二十一个小劫，从二十二到二十四个小劫，这些人就变得越来越聪明，不用生育后代，他们自己也会制造人。一直到末劫都是如此。"

阿布卡赫赫领下老三星的旨意，按老三星的指点，从动物群中选出能够站立行走的聪明的那一种，请佛托妈妈装上人的灵魂，便形成了现在的人类。

此后，阿布卡赫赫在天宫执掌了三个小劫后就让位给男性天神阿布卡恩都力，自己带着二百女神随老三星到第二层天去了。阿布卡恩都力执掌了二十四个小劫直到现在。

（原载《满族萨满神话》黑龙江人民出版社二〇〇五年出版）

附录五 大魔鬼耶鲁里

　　大魔鬼耶鲁里与其他四位原古神不同，其他四位神裂生的时候都有七彩神光保护，惟独耶鲁里裂生时是一团黑气，是一个大魔鬼。

　　他裂生出来后老三星曾想将他弄死，耶鲁里就跪下苦苦哀求，希望老三星免他一死，并说以后一切听从四个师兄的吩咐。可无论他怎么哀求，老三星就是不答应："不能要你，如果要你，不但对天上不利，对万事万象都是不利的。"

　　这时，阿布卡赫赫也来到老三星座前跪下了："耶鲁里是与我们师兄四个同时裂生出来的，如同亲兄弟一样，还求老三星能够饶他一命。"老三星还是不答应。阿布卡赫赫说："这样吧，我愿把我的灵气分给他一部分，消灭黑气，这样他不就和我一样了吗?"老三星一听连连摇头："你可不能说出这话，你是掌握天宫的大神，你要把自己的灵气去掉，对你可不利啊!"阿布卡赫赫说："这个我知道，但为了保住我的师弟，就是去掉一些灵气也在所不惜。"说完就跪在那里不起来。

　　老三星打个唉声说："看起来这是上天注定不可以挽回的，你可要知道，将来他要有反心，对你可不利呀!"

　　听到这里，耶鲁里跪下了："请老三星放心，我跟任何人反目，也不会对我大师兄反目，她就是我的救命恩人。"老三星说："那样吧，你发誓，你能忠心耿耿地同你大师兄一条心吗?"耶鲁里说:"能，如果有二心，我就不得好死。"

　　老三星说："你说的都是真话吗?"耶鲁里说："真话，我确实是这样想的，我可以向老三星保证。"

　　老三星当然知道他说的不是真话，但也清楚，阿布卡赫赫是在劫难逃，她该着有几步大难，将来她掌握不了天宫，和她让出灵气有很大关系。想到这里，老三星说："好吧，既然是阿布卡赫赫这么舍身救你，希望你能改恶从善，永不变心。如果你变心，一定不得善终。"耶鲁里说:

"我谨遵师命，一定不会变心。"

就这样，阿布卡赫赫第一次救了耶鲁里。

其实耶鲁里自己很明白，他自己起誓如果有二心就不得善终，不过是个牙疼咒罢了，因为神一裂生出来就带有灵气，是不会死的。

耶鲁里是个好动的神，没事就到处窜。窜来窜去，就窜到天边上去了，一看天边的灵气挺好的，七彩祥光普照着天宫、大地，他就闯到灵气中去。进去后他觉得全身舒服，就想在里面多待一会儿。可他好动呀，老是四处乱走，走着走着就走出灵气边了，他闯两回也没闯出这个灵气。"这是怎么回事呢"？他寻思一下就用自己的元气往外闯，一闯就闯出来了。

闯出来一看，外面是黑咕隆咚，腥臭难闻，想要回去，可是回不去了。这时就看到一群星从他头上过去，不一会儿，从上面下来四个怪物，说是神吧又不是神，浑身都长着尾巴，有长有短，五个手指头一伸很长很长，一双脚也很长很长。四个怪物来到他的面前说："你是耶鲁里吧？我们家天神请你去。"

耶鲁里说："我也不知道你家天神是谁？"

四个怪物说："走吧，见到我们天神你就认识了。"

说着，就把耶鲁里领到一个黑窟窿里头，告诉耶鲁里闭上眼睛。一阵儿冷风吹过，耶鲁里觉出来到了一个新的地方。睁开眼睛一看，有一个尾巴更长的怪物坐在一个用冰做成的椅子上。那四个怪物说："跪下，参拜天神。"

耶鲁里说："你们是哪里的天神？"

坐在冰椅上的那个尾巴最长的怪物说："我们是你们常说的扫帚星，我是扫帚星星主，大伙都管我叫天神。咱们很有缘分，我收你为徒，你能够学到很多武艺，就可以代替阿布卡赫赫掌管天下，成为阿布卡耶鲁里。"

听了这话本来就一肚子野心的耶鲁里自然高兴，于是很顺从地磕了三个头拜那个魔王为师。然后开口就说要跟师傅学法术。天魔说："我们不叫法术，叫魔法。这里的一切和你们天上完全不一样，你先吃下三粒仙丹吧。"

那四个怪物拿来三粒仙丹让他吃，他一闻又腥又臭，就不想吃，那四个怪物不由分说，硬给他灌了下去。

吃下去这三粒东西以后，他浑身一会儿发热一会儿发冷，折腾了很长时间。原来身上的灵气一点儿都没有了，整个思维也和以前不一样了，开始服服帖帖地听天魔摆布。

天魔从此开始教他，要把天上的慈心去掉变成狠心；同时还要伪装自己的狠心，不让人看出来，无论做什么事，只看对自己是否有利。

时光易过，没多长的时间，耶鲁里已从天魔那里学到了十二种魔法。

再说阿布卡赫赫一看耶鲁里没有了，十分着急，她找遍了天宫也没找到耶鲁里的踪影。这才突然想起来了：耶鲁里是不是闯到灵气层之外去了？这个灵气层不管是谁，只要闯进去过，身影就会永远留在灵气里。阿布卡赫赫到灵气里一看，就发现耶鲁里早已经闯出灵气层了。

阿布卡赫赫一看不好，赶紧回报老三星，因为她也不敢闯出灵气层。老三星一听勃然大怒："这样的人不能要！"当即就要分解耶鲁里。阿布卡赫赫又跪下了："师傅呀，再饶他一次吧，他可能是走迷路了，误闯出去的。你教给我办法我去救他，救回来之后再听从师傅发落。"

老三星一听觉得也有道理，就把怎么样走出灵气、怎样回来、怎样保住灵气的详细办法一五一十地教给了阿布卡赫赫。然后又交给她一个葫芦，告诉她找到耶鲁里之后就打开葫芦把他装回来，不然凭你现在的力量恐怕找不到他了。

阿布卡赫赫拿着葫芦到灵气以外的扫帚星座，打听到耶鲁里已经认扫帚星主天魔为师傅了。找到他后，没容分说，打开葫芦就把耶鲁里装在葫芦里。因为她有一身灵气，天魔也没有把握制住她。阿布卡赫赫带着装耶鲁里的葫芦回来，来到老三星面前，把葫芦交给了老三星。

老三星打开葫芦把耶鲁里放了出来。耶鲁里一看，自己又回到天宫老三星这里来了，心里是又恨又怕。但是，事已至此，首要的是先保住命再说。于是他对着老三星双腿跪倒，流着泪说："多亏师傅和师兄救了我，不然我落在天魔那里永远也回不来了。"

这样，阿布卡赫赫第二次救了耶鲁里。可是，耶鲁里身上的灵气早已没有了。老三星说："你已经失去灵气了，现在到地下国去吧。到地下国去好好地思过向善，什么时候改掉恶习，去掉黑气，我再把你召回来。"

这地下国分两层。一层是空的，专门把那些犯了错误的人放到这里思过从善；另一层是世人死后，在没到灵魂山之前，到地下国去听从发落。耶鲁里在地下国不但不思过从善，反而在那里天天按照天魔教的魔法去练，结果是越练越精，越练越入魔，最后成为一个真正的大魔头。

再说这天耶鲁里正在地下国练习他在扫帚星星座里学的十二种魔法，突然眼前一黑，四个扫帚星的小星主出现在他眼前。耶鲁里一看他们，心里可高兴了，赶紧打听天魔怎么样了。这四个小星主说："我们就是奉天魔之命来帮你夺取天宫的，咱们把天宫夺过来，变成扫帚星座一样的世界。"接着又问他："你的大师兄阿布卡赫赫待你那么好，你会跟着我们反她吗？"耶鲁里说："她就算对我有天大的好处，我也反她。因为她是天上的神仙，我是扫帚星的人，我们是针锋相对的，早晚我会把她消灭的。"四个小魔听了很高兴。就这样，五个人在地下国天天练习魔法，积蓄力量，随时准备夺取天宫。

对于这些，老三星也已有察觉。一天，把阿布卡赫赫召去，问她："耶鲁里反省得怎么样？"阿布卡赫赫对耶鲁里的劣迹也有所耳闻，但怕老三星发怒惩罚小师弟，还是装作啥事没有似的说："挺好的。"老三星听了，也没多说什么，只是对阿布卡赫赫说："你也不用多说，去看看就知道了。"

阿布卡赫赫答应着，刚要辞别老三星，老三星又把她叫住了，说："我给你一个天葫芦，这个天葫芦叫安达葫芦，它可以收伏妖魔鬼怪，妖魔鬼怪被装进去后，如果三天三夜不拿出来，就会化成脓水。你去了以后见机行事，如果耶鲁里真的是无恶不作，你就把他给我装到葫芦里，我收拾他。"

听到这里，阿布卡赫赫出了一身冷汗，她知道这个安达葫芦是天宝。天上有三宝：一个是安达葫芦，一个是天箭，一个是托力，也就是铜镜，这个铜镜挂在天上满天通亮。阿布卡赫赫也不敢多说，拿着安达葫芦，辞别老三星，去往地下国了。

老三星虽然派走了阿布卡赫赫，心里还是不放心，又把二徒弟阿布卡巴图召到身边，临时教了他许多法术，以备不测。

阿布卡巴图也就是后来的天神阿布卡恩都力。他是耶鲁里的二师兄，在阿布卡赫赫手下当天兵元帅，训练天兵。老三星教完他法术后，又把他领到第十八洞和第十九洞，让他看看未来的世界是什么样，应怎样造天宫，怎样防御耶鲁里。

看着即将发生的一切，阿布卡巴图越看越害怕，越看越着急，同时也不禁为去找耶鲁里的大师兄担心。于是对老三星说："我要出去，帮助我大师兄消灭耶鲁里。"老三星摇摇头，说："不行，你还不到火候。这样吧，你去给阿布卡赫赫送一套神衣神帽①，让她遇到危难的时候，穿戴上就可以保住性命。"

阿布卡巴图带着神衣神帽找到阿布卡赫赫。阿布卡赫赫一看师弟来了很高兴，并问师傅对他交代了些什么。虽然阿布卡巴图已经在第十八洞和第十九洞看到了将要发生的事情，但天机不可泄露。他把神衣神帽交给阿布卡赫赫，一再告诉她遇到危难时一定穿戴上，以防不测。然后就告辞回去了。

回到老三星那里，老三星继续教他法术，并嘱咐他加紧训练天兵天将。从此，阿布卡巴图开始不离老三星左右，认真练功。

再说这时在地下国练习魔法的耶鲁里。扫帚星上的十二种魔法，其中有一种就是预知预觉，这时他已经学会了，所以在阿布卡赫赫赶往地下国的时候，耶鲁里就已经知道了。他赶紧对那四个妖魔说："可了不得了，阿布卡赫赫带着安达葫芦来了，弄不好，就得被装进去。因为我已经成魔了，装进去之后一时三刻就会化成脓水。这样吧，你们四个暂时用隐术隐蔽起来，等我把她打发走后你们再出来。"

这四个妖魔也知道安达葫芦的厉害，听了耶鲁里的话，急忙用隐身术把自己隐藏起来。

耶鲁里于是装模作样地跪在洞子里面向老三星的方向祷告。阿布卡赫赫带着四位巡天妈妈来到耶鲁里的洞里时，看耶鲁里正在祷告，也就没有打扰他，便在洞中四下巡视。闻到洞里的气味不对，似乎有一种腥臭的妖邪之气，阿布卡赫赫心里还挺纳闷：洞里怎么会有这种妖邪之气呢？也没有多说，站在一边等待。耶鲁里装模作样地祷告完了，这才装作刚看到阿布卡赫赫，赶紧上前施礼："大师兄，你怎么来了？师傅有什么指示吗？"

阿布卡赫赫说："没什么指示，师傅打发我来看看你修炼得怎么样了，要是修炼好了，就带你回去。"这时耶鲁里说："请师兄回去禀告师傅，我在这里一心一意地修炼、改过。我当然想马上能见到师傅，但我现在自己知道还没有彻底改恶向善，刚才你进来时大概就闻到了一种腥臭味，那就是我在扫帚星那里染上的臭气，不彻底改恶向善，去掉这种臭气，我哪有脸面去见师傅？"

耶鲁里的一番话，使阿布卡赫赫很受感动。她觉得这个小师弟没有

---

① 神衣神帽：是天神用的镇妖法宝。在民间，就是萨满跳神时穿戴的衣帽。

变，虽说是上当受骗，被别人利用了，但他正在努力悔过，眼下，这天葫芦她怎么也没办法往出拿。想到这，阿布卡赫赫对耶鲁里说："师弟呀，你在这里好好地修炼吧，师傅也希望你能早日摆脱魔气，回到天上去。你现在还需要什么，我可以帮你。"耶鲁里说："谢谢师兄，我现在什么也不要，只想着一心修炼，吃点苦算不了什么。"

阿布卡赫赫回到老三星那里，老三星对她说："快把耶鲁里倒出来吧，不然时间太长他会受到损伤。"阿布卡赫赫这才说："师傅，我没把他带回来。"

"你怎么没带回来呢？"老三星急忙问。

阿布卡赫赫说："我到那儿一看，师弟很虔诚地在修炼呢！他还痛哭流涕地对我说要痛改前非。"

老三星说："唉，你呀还是没把他看透。那里有没有别人？"

"没有别人。"

"有没有邪气，也就是不正的气味？"

阿布卡赫赫回答说："是有一种腥臭之气。"

"那你怎么没产生怀疑呢？"老三星问。

"耶鲁里说那是他在扫帚星那里染上的邪魔之气，一时半会儿还去不掉。"

老三星叹了口气，说："你呀，真是心太软了，你怎么会不知道耶鲁里是裂生的，不会感染上任何气体？"

这句话说得阿布卡赫赫如雷轰顶。

老三星接着说："这也是命数，你也不用再去了。我现在就把地下国的出口封住，不让他再出来了。你就安心地把天宫治理好，把众神管理好，把妈妈神安置好，防止耶鲁里勾结扫帚星扰乱天宫。"说完，老三星中的大光星用手一指，只见一道白光，直奔地下国去了，把个地下国封得严严实实，耶鲁里再想出来可就不那么容易了。

耶鲁里在地下国一看，出不去了，心里头非常害怕。那四个扫帚星妖魔说："不用怕，咱们就在这里等大王来救咱们，暂且就安心地在这里修炼吧。"

老三星封住地下国后，大魔头耶鲁里心里非常害怕。虽然扫帚星凡可沙星主派来的四个小魔头阿拉萨、哈里、哈拉吐、哈里卡说大王会来救他们，但他的心里还是没底。事已至此，也只好听天由命，坐在那里郁郁寡欢，好半天没吱声。这四个小魔一看耶鲁里不高兴，哈拉吐就说：

"耶鲁里，你不用着急，我是扫帚星大魔王手下的贴身人，有什么灾难，只要我生上香一祷告，我的主人就会出面帮助，所以，你就安心地在这里练功就行了。"耶鲁里这才转忧为喜，说："那好吧，既然这样，咱们哥儿五个就合计合计，怎么样练兵，怎么样夺取天宫。"

耶鲁里和四个小魔头从此在地下国一面练功，一面密谋夺取天宫的事。他们密谋了一个多月，最后决定：第一步是先修地下国城，把地下国城的四周都施上魔法，防御外鬼的神仙进入。另外修一座魔王殿，耶鲁里为阿布卡天魔，另四个小魔分别为大魔王、二魔王、三魔王、四魔王；第二步是招兵买马，到地下国的右半部恶鬼城里挑选，同时在其中选出一个鬼王，五个鬼头；第三步是修一个练兵场，好训练鬼兵，派哈里和哈里卡去训练恶鬼，阿拉萨与耶鲁里负责研究妖法、魔法。

地下国分两大区：左区和右区。

在左区里的，是些犯了错误的神仙，被贬到这里思过，悔改好了还可以再回到天上，如果无悔改之意，则被打入右区，再不好，就粉身碎骨。

右区是恶鬼区，分六个山谷：第一谷是罪大恶极谷；第二谷是坑蒙拐骗谷；第三谷是损人利己谷；第四谷是暴珍天物谷；第五谷是不忠不孝谷；第六谷是搜刮民财的暴君和杀人不眨眼的将相谷。

恶鬼区里整天阴森森，鬼哭狼嚎，恶鬼们都赤身露骨，泡在血水中。罪大恶极那个谷是每天三遍加刑，一遍是一个时辰。加的第一遍刑是刀刑，到时候天上下刀雨，每个鬼魂都是遍体鳞伤，直到奄奄一息才停下来。刀雨停下，鬼魂活过来之后又开始加第二遍刑法，就是雷石，就是用一种带尖的石头往身上砸，也是一直把鬼魂砸到奄奄一息才停下来。又是在鬼魂刚刚恢复过来时，开始第三遍刑法，就是用蜂针往鬼魂身上刺，同样是刺得奄奄一息了才停下来。其他五谷中也是根据程度不同施行刑法。

虽说是每天施用各种刑法，但灵魂是干遭罪不死，死过去再活过来，而活过来之后就更难受。所以整个鬼区里始终是鬼哭狼嚎。

耶鲁里首先到了第一谷选恶鬼。这个谷里都是些十恶不赦、恶贯满盈的强盗。耶鲁里和四个魔头把选中的恶鬼带到了左区，这些恶鬼长年泡在血水里，受着遭不完的罪，以为永世不能翻身了，没想到还会有今天，自然是欣喜若狂。而且左区和右区简直是天地之别，左区既没有血水，也不用受什么刑法，可把他们乐坏了，个个连蹦带跳，把个左区搅得和右区一样乱七八糟的。耶鲁里一看这也不行啊，就把四个小魔头找来，问道："怎么训练这些恶鬼呢？怎么才能让他们安顿下来呢？"四个小魔头一听乐了："你不行，我们也不行，咱得以鬼制鬼，从他们当中选出头目，让他来管教，只有这样，才能治住这些恶鬼。"

于是，他们在众鬼中选出五个恶鬼：胡萨胡图、胡哩儿胡图[①]、呼兰胡图、呼尔哈胡图、纳里胡图。

过去，鬼王的名字谁也不敢说。据说，一说出来它就会出来作怪。所以，在满族萨满教里只是把五鬼统称为有孙扎胡图。耶鲁里把五鬼叫到跟前说："你们在人间是罪大恶极的恶鬼，可是在我这里却是大有用处，罪恶越大功劳也就越大，是最受欢迎的。你们安心地在这里带领群鬼，帮助我夺取天宫，如果把天宫夺下来，你们一个个都有说不完的好处。"五鬼一听这话，赶忙跪下说："我们一定听候您的调遣。"

从此，五个鬼头开始训练鬼兵。乍开始训练时，小鬼们不太听话，五鬼们就拿出凶恶的手段，当着群鬼的面吃掉了好几个恶鬼。这样一来，群鬼都害怕了，这才规规矩矩地开始训练。

五鬼先教给群鬼们一些鬼招邪法，比如怎样专吸人血的魔法，怎样改头换面的方法，以及布瘟法、吃人法、伪装法、三变法、脱壳法等等。此外还有量天尺。量天尺据说是谁要看到它就能散发毒气，人只要闻到就死。

群鬼们当然知道，让他们苦练这些魔法鬼法，就是准备要攻打天宫，所以他们练得特别卖力。

（原载《满族萨满神话》黑龙江人民出版社二〇〇五年出版）

---

① 胡萨胡图：胡萨、胡哩儿等是名字；胡图：鬼。

附录六　神魔大战

佛托妈妈知道了地下国的消息后，赶到那里一看，恶鬼的鬼魂一个也没了。她赶紧跑到阿布卡赫赫那里，着急地说："师傅，可了不得了，那些恶鬼都被耶鲁里收去了！"

阿布卡赫赫听了这话，赶紧运用自己的慧眼一看，只见耶鲁里带着四个魔头正在那里操练恶鬼。当即吓得魂飞魄散，痛心疾首地说："我没听老三星的话，心慈手软，没想到惹下了这样的滔天大祸，我再也没脸见老三星了。"说完，她就要自尽以谢罪。

佛托妈妈连忙劝她说："师傅，你千万不要这样自寻短见，事情已经这样了，我们还是先想解决的办法才是，我先到老三星那里去通报一下吧。"

阿布卡赫赫此时也是无计可施，就同意了佛托妈妈的主张。佛托妈妈把一切安排好，直奔老三星那里去了。

老三星一看佛托妈妈来了，就知道发生了什么事情。佛托妈妈把事情说了一遍。老三星说："这是天上该有的一场大劫，躲是躲不过去的，你赶紧回去，保住灵魂山。"

一场天宫大劫就此开始了，在这以后，女天神让位给男天神。不过这是后话了。

这时，耶鲁里的兵马已经准备停当，形成五魔、五鬼、五妖规模的队伍。

五魔自不必说，即指耶鲁里和四个扫帚星来的小魔；而五鬼则是他们从恶鬼区选上来的恶鬼；至于五妖，是耶鲁里从各地召集来的妖精，其中有山妖、水妖、火妖、土妖、树妖。这些妖精没经历过形成人身的过程，直接由精灵变成了妖魔，所以，更是只知与人为害，臭味相投，耶鲁里很容易地就把这些妖精召集到身边。这时，他感觉到夺取天宫的时机已经到了。于是三魔王就点上香，祷告着请他师傅扫帚星主凡可沙给他们打开地下国的封口。扫帚星主凡可沙听说他们一切都准备好了，心里当然高兴，派人告诉这些妖魔："你们准备好，半夜时分，我就会给你们打开一条通路。"

耶鲁里得到凡可沙星主的回话，非常高兴，带领众魔将鬼兵做好了一切准备。果然到了半夜子时，几声闷雷响过，震得天上都颤抖。紧接着，北边出现了一丝亮光，耶鲁里高兴极了，就对四个小魔说："看，凡可沙星主给咱们打开出路了，大显身手的时候到了。"一声呼哨，这伙妖魔鬼怪就冲出了地下国。

他们这一冲不要紧，满世界真的是一派鬼哭狼嚎。前面是五鬼，后面是五妖，接着是五魔，这群恶鬼恶魔一路杀到天宫门前。阿布卡赫赫得到消息，大吃一惊。这时身边的女神建议她用天葫芦把这些妖魔收进来消灭掉，阿布卡赫赫这时对耶鲁里竟然还存一丝侥幸，说："万万使不得，咱们先礼后兵，我去和他讲讲道理，也许会使师弟回心转意，如果他能把这些魔鬼赶回地下国，还可以重新修行，以成正果。"可她哪里知道，耶鲁里已经完完全全地变成妖魔，死心塌地地与天神为敌了。女神们也都劝阿布卡赫赫："天母啊，你不能总是这么善心，你这么善待他们，对妖魔鬼怪有好处，对天宫可不利啊！"阿布卡赫赫说："不管怎么样，咱们也要用善心、好心去感化恶意，这样会把恶人改造过来的。"

于是，阿布卡赫赫带领着一些女神和天兵来到天宫外，列出阵势，叫出耶鲁里要与他对话。

耶鲁里应声走出队伍，却是一言不发。只见他圆睁怪眼，二目射出魔火，直扑向阿布卡赫赫，差点把阿布卡赫赫射倒。阿布卡赫赫一看不好，耶鲁里的魔气和妖气已经压住了自己的神气，没办法与之交锋，只好暂且退回天宫。

初战得胜，耶鲁里更是得意忘形，正要一举攻进天宫，却被四方大神拦在天宫外，这四方大神神力无边。耶鲁里知道自己的力量还不足以与之对抗，只好暂且收兵回到地下国。

四方神又叫四方面大神，其实是四只神鹰。在老三星座前有一个金翅大鹏，满语称为爱新昂邦呆米。这个爱新昂邦呆米虽说是鸟类，但它的道行不浅，它裂生出三十六个大鹏。这三十六个大鹏中的四位就是四方神。四方神分为：东方大神，亦称东方呆米；西方大神，亦称西方呆米；南方大神，亦称南方呆米；北方大神，亦称北方呆米。都由阿布卡赫赫统领。

这四只神鹰把守着天宫东、南、西、北四个方位。他们的神功非常大，始终监视着天宫四方，不让一切邪魔进入天宫。一经发现邪魔入侵，便立即通知把守四方的动物（野兽）出击。四方神不用亲自去和妖魔交战，只要他的眼睛射向妖魔，无论什么样的妖魔都会化为灰烬，保护着天宫平安无事。

这四位神亦是满族的保护神。有的人误认为四方大神是天上的一切神祇、一切神灵，这是不对的。四方大神能同时附体六十四位大萨满，也可以把自己的灵魂分成三十六份，同时附在多位萨满身上。请这四位神时，有一个统一的咒语，默默地念上三遍。需要摆上七星桌，在七星桌上设四个香灶，插四炷香，摆在东、南、西、北四个方向。是哪个方向来的妖魔，哪个方向的神灵就会附体。

这四只神鹰紧紧地把守着天宫的东、西、南、北四方，耶鲁里无计可施。他为了消灭这四只神鹰，想尽了一切办法，把所有魔法都用了一遍也无济于事。耶鲁里伤透了脑筋，整天和那些妖魔们聚在一起想主意，最后终于想出了一条毒计。

再说这四只神鹰日夜牢牢地守护着天宫四方，安然无恙。这天，南门神鹰正在四下巡视，就见从空中来了四个金甲神，说是来宣布阿布卡赫赫的旨意的。南门神鹰一听赶紧迎了出来。这四位金甲神就说："是不是把那三方面的神鹰也请来一同听取旨意？"南门神鹰立即把东、西、北三方的神鹰也都召集来了。

四方大神到齐后，金甲神就宣布阿布卡赫赫的圣旨。说是由于他们对人间有功，要论功行赏，但是由于他们是鸟类，不能立即转成神。天宫西北部有一个大红门，说谁先抢进门去谁就能先转化成人，然后立刻就会变成神体。四位神一听，心里十分高兴，修炼多年，就盼着能早日成仙成神，功德圆满啊。

四位神问金甲神："那我们怎样才能找到大红门呢？"金甲神说大红门就在西北方，要亲自带他们去。还说先进大红门的才能得到最大的神力。要他们千万记住，大红门后是仙境，进了大红门后不要乱说乱动。四位大神满口答应，于是，四位金甲神就领着四只神鹰往西北方走了。

走到天宫的西北方，果然远处山上红光闪闪。走到门跟前，金甲神说："你们都想早日成神，我们也豁出来为你们担待一些不是，你们就一起进吧。千万千万要注意，进到大红门里头，不要东张西望，不管看到什么东西或闻到什么味道，都不要说话。"

四只神鹰求之不得。四位金甲神便把他们领到大红门门口，催促道："你们赶快往里钻吧。"这时，大红门应声打开了，门内果然如同仙境一般美丽。看到这一情景，四只神鹰啥也不顾了，拼着命往里钻。钻进去走了一会儿，他们就觉得身子一下子变小了，刚才看到的仙境一下子从眼前消失，而且闻到一股刺鼻的血腥味。

"这是怎么回事呢？"四只神鹰感觉不对，想要出去，但已经来不及了。这时就听天上传来一阵哈哈狂笑："这回你们这四只笨鹰是永远也回不到天上去了，你们四个就粘在一块儿到人间托生去吧。"他们这才知道，什么论功行赏，什么成神成仙，这都是一个圈套。他们放声大喊："阿布卡赫赫快救救我们吧！老三星，快来救救我们吧！"可是，已经是叫天天不应，呼地地不灵了。他们喊着喊着，就觉得自己在越来越缩小。最后话也说不清，手也举不动了，四只神鹰粘到了一起怎么也分不开了。四只神鹰就这样被坠入到凡间。

阿布卡赫赫初战不利，虽然有四方神暂且把守住了天宫，但还不敢大意，又召集来五百个妈妈神和一千多个女天兵，随时准备对付耶鲁里的攻击。阿布卡赫赫特别看不起男人，认为男人是最没能耐的，只能干出力的活或粗活，还是女神有能耐。这样，男神在阿布卡赫赫时期没有担任主要角色，只有阿布卡巴图除外。她认为天下的神都是好神，即使有的神有些毛病，也一定会改过。正因为这个，最后她才上了耶鲁里的大当。

阿布卡赫赫把一切都安排好了，还是有些心绪不宁，总感到好像有什么事要发生，弄得她非常烦躁。思来想去，突然想到把守四方天门的四只神鹰会不会出什么事？想到这里，她毫不怠慢，急匆匆地赶到那里一看，果然四只神鹰一个也没有了，四门大开，无人看守。她立即派出各路神祇四下寻找，最后查实，他们四个一起往西北方的那座山的方向去了，再也没回来。阿布卡赫赫一下子明白坏事了。她知道那座山是投胎山，在天上犯了天规的神，都要送到这座山让他到凡间投胎去。四只神鹰进到那里，必然是有去无回。无奈之下，她只好一方面向老三星报告，另一方面暂且派纳丹岱辉和纳尔浑先初两个神将带着天兵看守四门。

再说耶鲁里还有五妖，是由五个动物变成的妖怪。动物成妖身上的魔性要小一些，一般不伤害人，所以说他们并没有真正和耶鲁里走到一起。五妖自从和耶鲁里闯天宫回来之后，觉得天上比任何地方都好。再说和耶鲁里这么闹下去也没有什么正果，就私下合计，说不如偷偷地躲到天上去，天宫的任何地方都比地下国强百倍，何况把守天宫的四位大神已经坠入凡尘了，也好混进去。商议已定，就趁耶鲁里不注意的时候，跑出了地下国。

五妖跑到天宫北门，这里由九条大蟒把守着，还有纳丹岱辉和纳尔浑先初在巡视，五妖一看只有两个天神，心想我们五个怎么也能打过你们两个。于是一拥而上，纳丹岱辉用手一推，就把他们推回去了。他们又往前上，又被推了回去。连推了三次，五妖不敢上了，但他们不死心，对着纳丹岱辉喷妖气。这妖气一喷，腥臭难闻。一般的凡人沾到身上就烂，可是纳尔浑先初不是凡人，他对五妖说："你们不就是喷妖气吗？我倒要让你们自己先尝尝妖气的滋味。"

纳尔浑先初用手中的蒲扇一扇，就把五个妖怪扇得像风车一样转了起来，转得他们头晕眼花。但这五妖妖气不改，刚停下来，又向上冲，连冲三次，都被扇子扇了回去。依着纳丹岱辉的想法就此干脆把他们治死得了，纳尔浑先初说："不行，天宫里是一片净土，不能在这里杀生。"于是纳丹岱辉顺手折了五枝柳条，弯成五个柳圈，往五妖身上一扔，把其中的两个套得死死的，另外三个却逃了出去。

套住的这两妖，一个叫拉拉古先初，一个叫呼拉拉贝子。被套住以后两妖想挣脱出去，可是越动柳圈套得越紧，实在没办法，两妖开始求饶了："二位大神，饶恕我们俩吧，我们再也不兴妖作怪了。"两位大神商议之后，纳丹岱辉收拉拉古先初为徒，纳尔浑先初收呼拉拉贝子为徒。

因祸得福，这两个妖精倒终成正果。所以，满族人在举行闭灯祭时，也祭这两位由妖而变的神。拉拉古先初是女性神，呼拉拉贝子是男性神，他们会保佑满族人的牲畜、家禽的安全，防止妖魔鬼怪祸害。闭灯时，在供桌底下放一盘糕点是专门供奉他们的，直到现在一直流传着。

再说逃跑的那三个妖怪也没回地下国，他们跑到地上国，在地上国生儿育女，繁衍后代。由于这三妖在地上国的存在，人间才有毒蛇猛兽、蝗虫水怪等生物。这三妖是呼拉拉岱珲、拉拉古岱哈、玛虎贝色。前两个在人世间繁衍了一些有毒的动物，而后一个专门吃死孩子。在民间，孩子一哭，大人就会说："别哭了，玛虎来了。"指的就是这个妖怪。

五妖逃走之后，耶鲁里仍不甘心，就把五鬼头召集来了，同他们一商量，决定重新训练鬼兵，要再次进攻天宫。

就这样，耶鲁里发起了对天宫的第二次进攻。这次他派五个鬼头打头阵，一进北天门便喷魔火，无论什么人或物，碰到魔火都会化成灰烬。

但阿布卡赫赫早有准备，她把大火星留下的水葫芦拿出来，魔火没等烧起来就被浇灭了。耶鲁里一看魔火无济于事，就把凡可沙星主给他的魔袋拿出来，打算把天宫诸神统统装进去。这一着果然奏效，的确有些道行小的天神被魔袋收了进去。阿布卡赫赫一看不好，急忙命令三百女神施放天箭。号令一下，天箭像雨一般射向那些妖魔，这些妖魔哪里抵抗得住，再一次败下阵来，逃回地下国。

此时的耶鲁里已经是一筹莫展，只好让三魔王向扫帚星主凡可沙汇报，请求援助。扫帚星主凡可沙勃然大怒："我就不相信那个阿布卡赫赫有什么能耐，我一定要把天宫夺到手，让耶鲁里当天神。"说罢就施起魔法，霎时间，天昏地暗，本是温暖如春的天宫也忽然间冷得不得了，天上的大神也扛不住了。从天宫的东、西、南、北四个方向涌上来重重的冰山，阿布卡赫赫连同三百名女神首当其冲，被冰山压到了大地上，另外二百名女神被及时赶来的老三星救到第三层天去了。所幸在被冰山压住的瞬间阿布卡赫赫一看不好，把老三星给她的神衣神帽拿了出来。神衣神帽越变越大，将阿布卡赫赫和那三百女神保护起来。由于阿布卡赫赫在耶鲁里攻来之前就有所防范，让女神们撕下一块衣裳的里襟，男神剪下一片长袍，盖住了灵魂山，才使得冰川袭来之时，灵魂山没受侵害，保护了这里所有的灵魂。

这时冰越来越厚，大地上成了一片冰川，天宫也变成一片冰海，天上和人间遭遇了一场劫难，整个世界成了冰川世界。

耶鲁里把阿布卡赫赫及三百女神压到冰山下后，高兴极了，领着这些魔王和鬼兵占领了天宫，整个天宫顿时成了魔鬼的世界，再没有往日的鸟语花香，到处是一派腥臭之气。

这就是天上的第一场劫难。

要说这些冰山可不是普通的冰山，它是扫帚星的魔头从扫帚星中搬来的。这个冰和寻常的冰不一样，非常坚硬，而且逐天逐年地长，所以这个冰山是一天比一天高，冰也一天比一天多。再加上凡可沙大魔王又将自己的法力作用于冰山上，很难破开。

但是耶鲁里也多少还有些不放心，因为他知道阿布卡巴图在老三星那里，不知什么时候回来，如果阿布卡巴图回来，也许还有许多麻烦。他就委派手下的四个魔王率领人马巡视天宫，严加防备，以为这样就可以万无一失了。于是开始"即位"分封，自封为"天魔"。另外封扫帚星来的四个魔头为大魔王阿布卡昂邦额真（管天的）。

再说，这天老三星命人把阿布卡巴图找来，这时的阿布卡巴图已经是九头六臂的金甲大天神了。老三星对他说："你赶快回到第一层天吧，你师兄已经被耶鲁里压在扫帚星的冰山底下了，你得赶快去救她，不然，一百八十天后她就分解了。"

阿布卡巴图一听这个消息，当时就哭了，他说："我马上回去，豁出命也要把我大师兄救出来。"

老三星接着说："这只是你回去的第一件事。第二件事是消灭耶鲁里，把天宫重新夺回来。我给你四个火葫芦，这四个火葫芦是用来破冰山的，除了火葫芦别的东西什么也破不了冰山。"

阿布卡巴图心急如焚，匆匆辞别老三星，带着千余天兵天将回到第一层天。

他解救师兄心切，到了第一层天，他什么也不顾就直奔冰山而去。老远一看，那冰山是上顶天下挂地，冷气飕飕，魔气袭人。那些天兵天将们谁也无法靠近，只有阿布卡巴图和另外两个神可以接近。一个是五克倍恩都力，他是穿山甲神，有一身的铠甲，能够忍受魔冰的侵蚀；另一个是僧格恩都力，他是上一个大劫留下的刺猬神，不怕火，也不怕魔冰。阿布卡巴图带着他们两个到冰山附近去看了一遍，还是无从下手。

这时，只听空中有人说话："阿布卡巴图，你要注意！"阿布卡巴图一听是老三星，赶忙跪下了："师傅，有什么指示？"老三星说："你让五克倍恩都力和僧格恩都力每人拿着一个火葫芦钻到冰山里面交给阿布卡赫赫，让她从里往外攻，你拿着另两个从外往里攻，就能够把阿布卡赫赫和那三百女神救出来。"阿布卡巴图一听，赶紧回头对五克倍恩都力和僧格恩都力说："你们二位就得多劳了，进到冰山里把这两个火葫芦交给阿布卡赫赫。告诉她五天之后正当午时，里外一齐攻，就可以打破这冰山。"五克倍恩都力和僧格恩都力领命，分别显露出自己的原形——穿山甲和刺猬，开始往冰山里钻去。

可是刚刚钻进去一半，就累得不能动了。僧格恩都力说："咱们歇歇吧。"他俩刚歇息下来，就觉得四周的冰紧紧地往身上箍，越箍越冷，箍得他们两个动也不敢动，挪也不敢挪，五克倍恩都力就问僧格恩都力："你的年龄比我高，你看没看出来这是怎么回事呢？"僧格恩都力说："在上一劫天外有一个凡可沙星，老百姓称为扫帚星，这个星专门制造最硬的冰，看起来现在这冰倒有几分像扫帚星上的冰。难道说是耶鲁里手下有扫帚星的人？"

僧格恩都力的话倒让五克倍恩都力恍然大悟，他说："一定是这样了。咱们赶紧把火葫芦打开点，不然也恐怕性命难保。"说完，两个人就把火葫芦撬开一些，从火葫芦口冒出一些火苗，才算保住了两人的性命。命虽然是保住了，但却被困在冰层中，进也进不去，出又出不来。

冰山外面阿布卡巴图等两个人，左等没回来，右等也没回来，他睁开慧眼往冰山里一看，吓坏了：五克倍恩都力和僧格恩都力也被封在了冰山里面。

在这时，耶鲁里领着四个魔王来了，双方当即展开了激战。一连打了三天三夜，才把这些魔头打退。可是也仅仅是把他们打退，还没有彻底消灭他们。

大家正在那里想着破敌之策，这时，耶鲁里手下的三魔王过来对阿布卡巴图他们说："你们哪位是天兵元帅？"阿布卡巴图挺身而出："我就是天兵元帅，你要干什么？"三魔王说："我们是扫帚星手下的四大魔王，不想再参与你们天国的事了，想回到扫帚星去。可外气层被你的师傅用金刚灵气封住了，你能不能把我们送出去。"

听了这话，阿布卡巴图不怒反笑："你想得太简单了，你们在天上作恶多端，杀害了那么多的神，还用冰山压住了天母，想回去就能回去吗？除非你把冰山移走，救出天母，否则休想。"

三魔王一看达不到目的，便把魔气喷向阿布卡巴图，但这种魔气对阿布卡巴图不起作用，阿布卡巴图用灵气一吹，就把魔气吹散了。但魔气仍护着三魔王，天神也无法靠前。就在双方僵持之时，从天神队伍里走出一个人，却是呼拉拉贝子。阿布卡巴图问他："你出来干什么？"呼拉拉贝子说："启禀元帅，我能够制服这个魔王。"阿布卡巴图还不相信：这些魔王天兵天将都无法近身，你怎么能够制服他？呼拉拉贝子说："你有所不知，我本是五妖之一，不怕他的腥臭之气，我大吼三声，就会把他喝倒，但这样在场的各位神仙也招架不住。我想把他引出去震昏他，然后交给你们，你们愿意怎么惩治就怎么惩治。"

说完，呼拉拉贝子来到三魔王面前："你的本事倒不小，不过你敢跟我交手吗？"

三魔王并没有把他放在眼里，不屑地说："跟你交手？你不过是我手下的五妖之一，跟你交手算什么能耐，你赶快退后，不然我就取你的性命。"

呼拉拉贝子说："这样吧，咱们俩到天边去战它一百个回合，我要输了就跟着你走，你要输了就听我的，你敢不敢去？"

不可一世的三魔王哪里受得了这个，大吼一声"行！"两个人就向天边走去。

论本事呼拉拉贝子同三魔王根本没法比，所以，三魔王也就没把他放在眼里，他轻敌了。

到了地方，呼拉拉贝子说："咱们比吧！"三魔王说："怎么个比法？"呼拉拉贝子说："我咬你三口吧，你要能扛住，我就投降你。"三魔王说："行，别说三口，三十口我也挺得住。"

呼拉拉贝子把嘴大张，使出全身力量大吼三声，这一吼震得天地颤动，三魔王当时就被震昏了。得手之后，呼拉拉贝子赶紧跑回来对阿布卡巴图说："你们赶紧抓他去吧，他已被我震昏了，一个时辰之内缓不过来。"

阿布卡巴图还是将信将疑，就领着佛托妈妈和超哈斋爷等神赶到那里。一看三魔王真的昏了过去，众神当场就想把他分解了。阿布卡巴图说："天上不许杀生，就把他压在灵魂山下听候老三星处置吧。"于是，众神把三魔王拖了回来，佛托妈妈用手一指，灵魂山就出了一个洞，把三魔王封在了洞里。

耶鲁里找不到三魔王，心里正在着急呢，只见阿布卡巴图就走出阵前，高声叫道："耶鲁里，你的三魔王已经被我们捉住了，你们想保住性命，就赶紧把阿布卡赫赫等人放出来，不然，要你们和三魔王一样。"

耶鲁里一听急眼了，命令手下的另外三个魔王："给我上，抓住阿布卡巴图！"三个魔王和耶鲁里一哄而上，直奔阿布卡巴图。天兵天将一看，就要冲上前助阵，阿布卡巴图说："不用，让他们上吧，我自有办法。"

阿布卡巴图等耶鲁里和三个魔王冲上来之后，六只手臂一挥动，六道金光直奔敌人而去，四个魔头想要靠近也靠不上，干打转没办法。

阿布卡巴图乐了，神臂一挥说："你们回去吧！"这四个魔头就像风车似的退回去了，再想往前冲也冲不动了。阿布卡巴图又说道："大魔王、二魔王、四魔王听着，你们本是从凡可沙星座来的，不该在天宫胡作非为，我如果不是出于好生之德，非把你们消灭掉不可。"

耶鲁里和三个魔头还不服气，说："这么办吧，咱们比武，如果我们输了，你想怎么制就怎么制我；如果我们赢了，你把天宫让给我，我还给你一个元帅宝座。"

阿布卡巴图一听乐了："天神的宝座不是你赢我输的问题，那是老三星委派的，要坐阿布卡的宝座，怕你想坐也坐不成。"耶鲁里说："既然这样，咱们就比武吧。"阿布卡巴图说："你说怎么比吧？"

耶鲁里心里想，在老三星那里一起学的法术，我从凡可沙星主那里又学了十二道魔法，跟你阿布卡巴图比试不在话下。耶鲁里把自己看高了，他不知道阿布卡巴图在老三星那里学到了其他人不知道的法术，其中就包括十分厉害的"十视法"。阿布卡巴图说："这样吧，咱们在天宫里施展不开，到天边去比试吧。"耶鲁里说："行。"于是，他们一起来到天边。

耶鲁里跟三个魔王合计：要用搬山法搬座山来，把他们压的压、砸的砸，这样他们就没办法了。四个魔头就用魔法把地上国的大山搬到天上来了，一座大山直奔阿布卡巴图和天兵天将压了下去。阿布卡巴图和五百男神一看一座山直奔他们而来，不知怎么回事。这时，只听大力神敖钦大神哈哈一笑说："这算什么，你看我的！"眼睖着整座大山推得粉碎，落到地上国。耶鲁里一看不好，又搬来第二座大山，敖钦大神用脚一踢，又把第二座山踢了回去。耶鲁里他们连搬三座山，都被敖钦大神挡了回去。在往回踢第三座山时，敖钦大神留下一半，准备用这一半砸死耶鲁里和那三个魔头，却被阿布卡巴图接住了。他对敖钦大神说："只许他不仁，不许咱不义，你把他砸死在天上犯天戒。这样吧，你给我留下一块石头，地上国的石头比天上的石头重，给我留一块我有用。"

敖钦大神不敢违命，就从这座山上掰下一块石头扔给阿布卡巴图，然后，一脚把这半座山踢到地上国去了。

阿布卡巴图捡起这块石头往外一扔，扔到大魔头的脚下，一下子把他的脚趾头砸掉了两个，疼得他哇呀怪叫，败下阵去。结果这块一摔两半的石头变成两株浑身带刺的矮棵树，叫荆棘，土名叫刺棵子。这种带尖刺的刺棵子后来到处繁殖，天上地上都有，一直到现在也没绝迹。这种树的刺扎人很厉害，就是牲口也不敢靠近。

一看大魔王败下阵来，二魔王还不服气，他对耶鲁里说："我能够喷邪火，把这些天兵天将烧死。"耶鲁里说："你能行吗？"二魔王说："能行，能行，这一招是我师傅教给我的，就是大罗神仙也会化成灰烬。"耶鲁里说："你既然有这么大能耐，那就出兵吧。"

二魔头走出阵来，对阿布卡巴图说："你要是有能耐就站那里别动，我对你喷三口气，你要能站住脚我就算输。"阿布卡巴图说："别说三口，就是三十口也没事。我知道你的鬼点子，你那套对我不好使。"

"好吧，你站着等着。"二魔头说完冲着阿布卡巴图一张口喷出六股火苗。要说一般的天神倒真怕这种邪火，但阿布卡巴图已经变成九头六臂的金身，不但不害怕，他还用第二个脑袋喷出真水把邪火扑灭。二魔头接二连三地喷邪火，阿布卡巴图都给扑灭了。这样持续了好长时间，阿布卡巴图不耐烦了："我给你脸你不要脸，别说我心狠。"他用力喷出一口真水，直奔二魔王而去，把二魔王的尾巴削去一半。二魔王吓得赶紧退下去，捂着半截尾巴号啕大哭。耶鲁里不解地问："受了这一点伤你哭什么？"二魔王说："你不知道啊，没了尾巴，就再也回不去扫帚星，凡可沙星主看到没有尾巴的就会一口吃掉。"

耶鲁里说："那也不要紧，你就先别回去，在这里养伤吧。"

他们的对话让阿布卡巴图听到了，他冷笑一声说："不要害怕，只要你改邪归正，我还可以把你的尾巴接上，但是有一个条件，就是再不允许你扰乱天宫。"说完，阿布卡巴图就把二魔王的半截尾巴装在了皮口袋里。

大魔王一看急了，又从队伍里走了出来说："我愿意和你再比试比试。"阿布卡巴图说："你还有什么本事说吧，我可以奉陪。"大魔王说："你可以用你的神力把我装到石头罐子里，我可以不费吹灰之力就从石头罐子里出来。然后我再把你装在我的石头罐子里，你要能出来也行，算你赢。"阿布卡巴图知道大魔王会"金蝉脱壳"法，就回答说："我不会和你比试这样低级的法术，这样吧，我手下有个将领叫朱烟朱吞，让他和你比试吧。"

朱烟朱吞听了应声答道："谨遵元帅旨意，我来和他比试。"

大魔王说："你把罐子拿出来，我可以先钻。"朱烟朱吞说："我不用石罐子，我手里有一个用天丝织成的网兜，你能够从网兜里出来就行。"

大魔王想：这更好了，网兜上净是眼，我用缩身法就会脱身，于是回答说："好吧。"说完，毫不犹豫地钻进了网兜里。他哪知道，这网兜可非一般网兜可比，它是神物，要是装上魔鬼，越动弹越紧。这时大魔王才知道后悔了，对朱烟朱吞告饶说："我认输了，你放开我吧。"朱烟朱吞说："放开你？那不行，你跟你三师弟一同去吧。"说完就把网兜交给阿布卡巴图，阿布卡巴图让佛托妈妈把他同样送到灵魂山去了。

大魔头和三魔头都被送到灵魂山，二魔头又断了尾巴，这样一来，耶鲁里手下只剩一个四魔头和几个小魔鬼，势力锐减。这时耶鲁里是进退两难，想要脱逃吧，又怕阿布卡巴图追上来。这时天兵天将就对阿布卡巴图说："趁这机会咱赶紧把耶鲁里和二魔王、四魔王抓来算了，一下子消灭他们。"

阿布卡巴图说："消灭他们倒容易，但是必须把他们的魔法都制服了，让他们再也没有能力反天了，然后咱们再制服他们，不用别人动手，我一个人就行。"

阿布卡巴图又问耶鲁里："你还有什么着儿？说吧！"耶鲁里说："我能改头换面，让你分不出我是谁。"阿布卡巴图说："怎么个改头换面法？"耶鲁里说："我把我的脑袋割下来，扔到空中，我再割下一个小魔鬼的脑袋换上，让你分不出来。可有一样得先说明白，先小人后君子。我的脑袋割下来之后，你不能使邪着儿把我的脑袋弄走，让我变不回来，那样不算你赢。何况我的腔子里还有一个头，还能长出一个。"阿布卡巴图说："你放心吧，就是你的腔子里再长不出头来，我也不会做那种不仁义的事。"

耶鲁里刚要拿出刀来割自己的头，又想起了什么，停下手来问阿布卡巴图："我要割下头来后你却不割了怎么办？"阿布卡巴图笑笑说："看来你是不相信我，这样吧，我先割，等我的脑袋割下来后你再割。"耶鲁里听了心想，这样更好了，我不割你也不知道。他这也是不知道阿布卡巴图到底有多大的道行。想到这儿，耶鲁里就说："那好，就这样吧，请师兄先割吧。"阿布卡巴图说："好。"说着拿起宝剑"咔嚓"一声真的把自己脑袋割了下来，用左手提着，给耶鲁里看。同时割下的脑袋还在说话："耶鲁里，你怎么不动手呢？"耶鲁里吓坏了，心里想这割下的脑袋怎么还能说话呢？没办法，只好咬着牙把刀拎了起来。他知道脑袋割下来是什么滋味，可是在阿布卡巴图的催促下，也咬着牙把自己的脑袋割下来，两个脑袋同时扔到天上。

阿布卡巴图手下有五只神雕，这时五只神雕同时飞起来了，其中两只保护着阿布卡巴图的脑袋，不让任何人侵犯。另两只神雕叼住了耶鲁里脑袋上的两只耳朵，要扔到大海里去。这时阿布卡巴图的脑袋说话了："不行，我已经跟他说好，不许伤害他。"听到阿布卡巴图的吩咐，神雕就张开嘴把脑袋扔下来了，往耶鲁里的脖子上一安，结果安偏了。而阿布卡巴图的脑袋却自然地回到脖子上。

耶鲁里还是不服气，又想出第二个比试办法，他说："咱们用刀把自己大卸八块，你敢比吗？"阿布卡巴图说："行，别说八块，八十块也行，不过还有一样，还要自己卸，自己往石罐子里装，不用别人。"耶鲁里说：

"那怎么能装呢？没有脑袋也看不见。"阿布卡巴图说："你最后剩一只胳膊时，这只胳膊拿着最后一件，然后自己装回去。另外，你愿意摆就摆上，不摆上乱扔也行。"耶鲁里说："那不行，怎么卸的就得怎么摆好。"阿布卡巴图说："行，就按你说的办，咱原来是什么样就摆什么样，完整地摆好，不许少一件。"耶鲁里说："那当然。"

两人商量完后，耶鲁里说："你先卸，我看着，你卸多少件我就卸多少件。"阿布卡巴图说："行。"

这时，耶鲁里把四魔王叫到跟前说："来，咱俩看着。"

阿布卡巴图把佛托妈妈叫来："你也在旁边监视着，看我们俩是不是都真的卸下来了。"

石罐子摆好后，开始动手了。先是阿布卡巴图从上到下一件一件地卸了十六件摆上了，盖上罐子后，佛托妈妈对耶鲁里说："该你的了。"

耶鲁里一看阿布卡巴图卸了十六件，他也不能少啊。他就磨磨蹭蹭地在那里从脑袋开始往下卸，卸来卸去，卸到第九件时，他就受不了了，疼痛难忍。他咬着牙把左手卸下来，想要用右手把左手放到石罐子里，右手也回不去了。耶鲁里的脑袋说话了，他对四魔王说："你把我右手摆好。"佛托妈妈说："那不行，你得自己摆。"耶鲁里说："原谅我一次，我的右手真的回不去了。""回不去用嘴叼。""我用嘴叼也不行呀。""那也不要紧，我可以帮你。"说着，佛托妈妈把耶鲁里的脑袋拿出来，对着他的右胳膊说："你咬着。"没办法，耶鲁里用嘴咬着右胳膊叼到石罐子里盖上了。

一个时辰后，两个人自我组装完毕从石罐子里出来了。耶鲁里由于右手是用嘴叼进去的，小拇指被咬掉一个。

阿布卡巴图问耶鲁里："怎么样？你是不是完整地出来了？"耶鲁里低头看看自己的手，无奈地说了句："我输了。"但尽管嘴上这样说，心里还是不认输，还要接着比试。阿布卡巴图并不在乎，看他还有什么着儿，就说："行，你说还怎么比吧？"耶鲁里说："咱们坐在火堆上，看谁坐的时间长。"阿布卡巴图说："没关系，只要你划出道来，我一概奉陪。"

于是点起了两个火堆，每个火堆上都架了一块青石板，青石板下是熊熊烈火。耶鲁里说："师兄，你先上去吧。"阿布卡巴图并不迟疑，一个箭步跳上去，盘腿坐在石板上，稳如泰山。耶鲁里也不示弱，跳上火堆，坐到石板上。

熊熊烈火中两个人就这样坐着，快到两个时辰了，耶鲁里就有些坐不住了，在那里一个劲儿地动弹。阿布卡巴图说："唉，不能动，动了就算输。"耶鲁里咬着牙挺了两个多时辰，实在挺不住了，一个箭步跳了下去，对阿布卡巴图说："师兄，你也跳下来吧，我实在不行了。"阿布卡巴图说："怎么样？你还不认输吗？还有什么招术没用出来？"这才引出了耶鲁里的最后一招——推冰大战。

其实说起来，制服耶鲁里对阿布卡巴图来说并不是问题。但是他现在担心的是压在冰山下的阿布卡赫赫和三百女神以及五克倍恩都力和僧格恩都力。因为就他现在的法术还难以破解冰山，把压在冰山下的人都搭救出来。

这天，阿布卡巴图把敖钦大神找来说："师弟呀，我有一件困难事解决不了。"敖钦大神知道他的心事，就说："我也为难，这冰山怎么推也推不动，不但推不动，还天天长，日日增，怎么办呢？"阿布卡巴图说："这样吧，你上第三层天找老三星请示请示，看老三星有没有什么办法。"于是，敖钦大神就带着几个徒弟奔向第三层天找老三星去了。

到了第三层天，他们也无心观赏这里的景象，直接来到老三星的住处。见到老三星，敖钦大神就跪倒在地，把阿布卡巴图与耶鲁里对战的情形以及目前为难的事对老三星说了一遍。老三星说："你们不知道，前些时候，我已经把天宫用金刚灵气罩住了，扫帚星已经不可能再施魔术了。你回去对阿布卡巴图说，一定要把凡可沙星派来的四个魔王送回去，不要太伤害扫帚星，因为得罪了他们对以后不好。把耶鲁里压在冰山下可以，但那四个魔王必须送回扫帚星去。至于怎么送，我去第一层天指挥这件事。怎么制服耶鲁里，你和阿布卡巴图商量着办吧。"

敖钦大神十分高兴地回到第一层天，把老三星嘱托的话一五一十地对阿布卡巴图讲了，阿布卡巴图立即摆好阵势，找耶鲁里算账。耶鲁里伤还没好，本想不出来了，一听阿布卡巴图叫阵来了，没办法，只好领着两个魔王出来了，壮着胆子对阿布卡巴图说："你说怎么打，我是不会认输的。"

阿布卡巴图说："这样吧，我也不动手和你比了，叫我手下的超哈斋爷和你那两个魔王对阵，他们要是打败超哈斋爷我就认输。"耶鲁里心想：你一个超哈斋爷也就是副元帅，二魔王虽然有伤在身，但四魔王还是有很强的实力，他一个人想打败我这两个魔王是不可能的。就答应下来："行，让你的超哈斋爷和我那两个魔王对阵。"就这样，他们定好第二天开战，各自收兵。

回去后，阿布卡巴图对超哈斋爷说："明天打仗你只许败，不许胜，我自有办法。"超哈斋爷说："我从来没打过败仗，怎么能打败仗呢？"阿布卡巴图说："这件事你听我的，如果你打败了我给你记功，打胜了我给你记过。"

超哈斋爷虽然不高兴，但也只好答应下来。第二天，两边摆好阵势，身穿银盔银甲的超哈斋爷出阵了，他手持战刀，上前叫阵，那两个魔王果然都出来了。战了没有三四个回合，超哈斋爷回头喊："我打不过你们了，我得跑。"这两个魔王自以为得计，哪里肯放，在后边穷追不舍。追到一个山包时，阿布卡巴图带着三百兵马在那等着呢。两个魔王一看吓得就要往回跑，没想到天兵天将早已把后路堵住了，无奈转回头来勉强与阿布卡巴图他们交手。阿布卡巴图用手一指，搬来一座大山，推着两个魔王往前走。两个魔王站不住脚，一直被大山推到了灵魂山，灵魂山裂开一个口子，把两个魔王压在底下。

阿布卡巴图把四个魔王都扣到山里了，回过头来找耶鲁里，但耶鲁里看事不好，早已逃得不知去向了。

这时就见南边天上彩云翻滚，定神一看，是老三星来了！

老三星来到天宫，只见天宫十分萧条，破烂不堪，洞也不像洞，天也不像天，阴沉沉、灰暗暗的。老三星叹了一口气，对阿布卡巴图说："耶鲁里在我裂生他的时候就想毁掉他，可是你大师兄阿布卡赫赫一再求情，还把自己的道行让给他一部分，这样才保住他的生命。算了，这也是劫数，不提了。至于打开冰山救你的师兄容易，你不用犯愁，眼前紧要的是得先把耶鲁里抓住。"

阿布卡巴图这时又放开慧眼去看，可啥也看不出来，只是觉得有的地方混混浊浊，可也不知道这混浊的地方是怎么回事。老三星说："你封住的地下国已经不起作用了，扫帚星的大魔王凡可沙星主给他开了一个后洞，现在他是躲藏在后洞里边。这个后洞一般的神仙是看不见的。你等着，我把他拘来制住他。"说完，老三星就盘腿坐在地上，闭起了眼睛。

老三星坐下后，头顶上立刻出现三道金光，这金光把天宫照得通亮。这时就看到地下国有一个地方黑糊糊的，不一会儿，老三星头上的三道金光就奔地下国那个黑糊糊的地方去了。顷刻间，只听"轰隆"一声巨响，耶鲁里就被从地下国的黑洞里揪了出来。耶鲁里本以为自己躲藏在那个黑洞里就万无一失了，没想到一下子被揪了出来。他睁眼一看是老三星，吓得魂不附体，跪在那里哆哆嗦嗦地也不敢说话了，只是一个劲儿地磕头。同时对阿布卡巴图说："二师兄救救我，二师兄救救我。"

老三星说："这回谁也救不了你了，你已经犯了天条十大罪，罪不能救。我给你说说你的十大罪状：一是你背信弃义，陷害天母。你大师兄对你是仁至义尽，你却把她压在冰山底下；二是你毁灭天宫。天宫是阿布卡赫赫费很大力气建造起来的，却被你一手毁坏；三是你伤害生灵，把地上国的生灵害死无数；四是谋反夺天，你想当天神，残害阿布卡赫赫。天神是那么容易当的吗？阿布卡赫赫修炼了那么多劫才成正果，你刚裂生出来就想当天神，野心太大；五是你勾结外星魔鬼祸害天宫，扰乱人间；六是你勾结妖魔陷害天神，八百天神被你害得死的死，伤的伤；七是你欺师灭祖；八是不守神道，偷学魔法；九是玩弄欺骗、撒谎伎俩；十是陷害生灵，罪大恶极。这十大罪状触犯一个都不能赦，何况你已触犯了十条。"

老三星这一宣布，把耶鲁里吓得是一身冷汗，跪在那里一个劲地磕头。老三星并不多说，拿出安达葫芦，只见一道金光就把耶鲁里收了进去。

老三星又对阿布卡巴图说："我们已经在天宫的外层布了三层金刚灵气，扫帚星是进不来了。至于阿布卡赫赫和三百女神以及五克倍恩都力、僧格恩都力，我们现在去把他们救出来，然后再把耶鲁里压到冰山下。"

阿布卡巴图听了这话当然高兴，但还是有点不放心，他怕老三星进去万一有什么闪失。于是就对老三星说："师傅，还是我去吧，你们在外面施法术，我钻进去救他们。"老三星乐了："阿布卡巴图，你是不是不放心我们啊！你放心，我们三个破这个冰山不费吹灰之力。但在进冰山之前我给你说件事，你可能总在想，为什么我们不早些把耶鲁里除掉，让他闯了这么大的祸才动手。"阿布卡巴图就跪下了："我确实有这个想法，我认为应该早些把他除掉，那样的话天宫也不会遭这样的大难。"老三星叹了一口气，说："我何尝不是这样想呢？主要原因有几个：一是阿布卡赫赫该有这一劫，必须得经过这一过程才能让她的想法得以改变，不然很难改变她的想法。二是阿布卡赫赫造的天宫也已经过时了，天宫已经到了该重造的时候了。三是扫帚星派来四个魔王，我要消灭他们虽然很容易，可是那样会种下扫帚星对天宫的深仇大恨，就会使咱们的天上国、地上国甚至地下国都不得安宁。所以，只有时机成熟了才能惩治耶鲁里，也免除了后患。"

老三星这么一说，阿布卡巴图才恍然大悟，重新跪下给师傅磕头：

"师傅的先见之明，真非我们所能想到的啊！"

老三星说："你们走远点儿，我们进去。"说完，老三星又把安达葫芦交给阿布卡巴图："你拿好葫芦，别让耶鲁里逃出去。"话音未落，只见老三星分别化成一道银光、一道黄光和一道红光，钻到了冰山里。

那三道光线射进冰山以后，已经没了老三星的踪影，只见冰山上雾气蒙蒙，什么也看不见了。大概有一个时辰的工夫，就见冰山打开很大一个缺口，不一会儿，僧格恩都力出来了，再一会儿，五克倍恩都力也出来了，他俩都紧紧地抱着一个火葫芦，正是他们每人手中的这个火葫芦的保护，才使他俩幸免于难。又过一会儿，阿布卡赫赫和三百女神也都被救了出来。可是这些人都是昏昏沉沉的不省人事了。老三星用三道灵气加上阿布卡巴图的佛法神力和几百天神的共同神力，才渐渐地把阿布卡赫赫她们抢救过来。

阿布卡赫赫醒过来一看，老三星、阿布卡巴图都在场，再一看天宫已经是乱七八糟不成体统，不觉十分难过，深感自己没管好天宫，没管好耶鲁里，才造成这么大的祸害，使得十万八千年的工夫毁于一旦。屈膝跪在老三星面前，一是谢恩，二是请罪，眼泪也流了下来。阿布卡巴图赶紧走过来劝她："大师兄，你不要悲伤，咱们再重建天宫。"阿布卡赫赫说："师弟呀，现在我已经没有脸面再做天母了，我学艺不高，智慧不深，愿跟三位师傅永远苦修，你就代替我掌管天宫吧。"说完，已是泪流满面。老三星打个唉声说："你有这个想法倒也难得，你跟我到第二层天去吧，第二层天快建完了，你带着三百女神到第二层天去。一方面在那里继续建第二层天，另一方面你再进一步加强修炼。"

老三星对阿布卡巴图说："你把安达葫芦给我，我把耶鲁里压到冰山下去。另外，你再到灵魂山把那四个魔头取出来交给我。"

阿布卡巴图把安达葫芦交给老三星后，老三星把耶鲁里压到了冰山下。然后，老三星又领着阿布卡巴图带着四个魔头闯出金刚灵气，将四个魔头放了出来，对他们说："快回你们扫帚星去吧，以后不要乱闯我们天界！"

一切安排妥当后，阿布卡赫赫拜别师弟阿布卡巴图和天上诸神，带着身边的三百女神跟老三星到第二层天去了。

老三星带领阿布卡赫赫和三百女神离开以后，阿布卡巴图接任阿布卡赫赫掌管天宫，改称阿布卡恩都力，天宫从此由女性神天母掌管变为由男性神天神掌管，这是天宫历史的一个大变动。

接掌天宫后，阿布卡恩都力胸怀大志，面对天宫百废待兴的状况开始治理。首先他看那座冰山在天宫太碍事，就对敖钦大神说："你把它推到地上国不碍事的地方去，让耶鲁里和这座冰山永远在那儿待着吧！"敖钦大神于是运起神力把那座冰山推到地上国北海北最寒冷的地方。从此以后，耶鲁里手下的一些小魔因为没了头儿，也兴不起什么风浪了，一个个流散到人间偷偷地躲藏了起来，但一有机会还会干些邪魔外道的事。

接下来他就开始全面考虑天宫的建设，他意识到，有很多事情需要改变，尤其是建筑更要改变，天上众神的职务也应该重新安排。根据这些现状，他决定巡访群神，察看一下天宫四边到底是怎样的情况。于是，他从天宫的东天、西天、南天、北天巡访了一遍，又在地上国的人间巡访了三年。最后，把自己的三个头分别留在了南天、西天、东天，北天由他自己直接坐镇，监管着北海北冰山下的耶鲁里。

阿布卡恩都力手下有一个大神叫布星妈妈，布星妈妈有一只鹿皮口袋，口袋里装着些小星星。这些小星星一出，鹿皮口袋就会越来越大，变成一个小的天地。布星妈妈奉阿布卡恩都力的命令，从东往西撒去，撒得满天星斗。阿布卡恩都力又委派了东斗四星、西斗五星、南斗六星、北斗七星四个方位的星主。另外，委任金翅大鹏把守西北半边天，叫作金翅大鹏星，这是人间萨满归天后的去处，他们的灵魂归到金翅大鹏的心里，在那里修炼功法，到一定时候再托生到人间避邪驱妖。

那些在人间养伤的神，有愿意回天的回到了天上，不愿意回天的成了地上国的神，像河神、海神、湖神、山神、土地神、治病神等等。阿布卡恩都力把在地上养好伤的神都做了安排，同时又把超哈斋爷送到地上的长白山当了白山主，调兵遣将镇压着邪魔外道。

天上还设了天宫八部：日、月、雷、电、雨、雪、冰、雹，分配了四十八位巡天大神，一个方向有十二位。

经过神魔大战和天宫重建，天宫彻底改变了过去的模样。天上再也不叫"洞""寨"了，都改成了殿、宫、阁。过去使用的旧名词"大寨""小寨"也都废弃不用了。从那以后，满族和北方的其他民族都把地上的神分配到各个哈拉供奉着。所以，各户都有他自己的神名（老佛爷名）。老佛爷名据估计不下一千位。这就形成了满族的大神和满族的家神。

（原载《满族萨满神话》黑龙江人民出版社二〇〇五年出版）

西林安班玛发

满族萨满创世神话
《西林安班玛发》传承概述

富育光

满族萨满创世神话《西林安班玛发》，亦属于满族传统"乌勒本"重要内容之一。它与本书所公布之满族黑水女真人原始创世神话《天宫大战》一样，均为同一属篇。满族及其先世女真人，自古崇尚萨满信仰。在世代传承的萨满文化遗存及满族口碑文学中，保留和传承下来十分珍贵的我国北方古神话遗产，而且多以满族诸姓萨满神谕形式被供奉和珍藏下来。新中国成立以来，特别是二十世纪五十年代中期，由于我们坚持不懈地在东北黑龙江省满族聚居地区进行满族古文化及古语言文字遗存的调查、挖掘、抢救、记录等项工作，功夫不负苦心人，获得了可喜的硕果。萨满遗存有家传数百年的宗谱、祖先影像、手抄满文神谕等，各种文物数量十分可观。在此基础之上，我们在满族帮助下，翻译和整理满族神话等满族说部"乌勒本"大量文化遗产，极大地丰富了我国北方民族文化宝库。

本书接续出版的满族神话有：《天宫大战》《西林安班玛发》《白云格格》《太阳和月亮的传说》《勇敢的阿珲德——长白山的传说》等。《西林安班玛发》是满族萨满神祭中"窝车库乌勒本"（神龛上的故事）《天宫大战》的从属篇目。当年，在黑龙江省瑷珲县、孙吴县沿江村满族诸姓氏中，主要传讲有：《天宫大战》《恩切布库》《西林安班玛发》等。我所讲述的满族神话《西林安班玛发》，是原出自本家族的古老唱本。满族有许多"乌勒本"唱段，多有各个唱主，唱得动人好听，赢得族众欢迎。

我奶奶满语名叫郭霍洛·美荣，其先世伯父、爷爷均是当地有名气的萨满。据我父亲回忆，《西林安班玛发》习惯称他"西林色夫"，他是满族神话中的技艺神、文化神、医药神、工艺神。在满族众姓神词中多有反映，如臧姓家族萨满祭祀中，称他为"西伦马沃"，吴姓家族萨满祭祀中称他为"西伦贝色"，在郭霍洛家族中称其为"西林色夫"或称"西林安班玛发"从神词所述内容分析，这是一位满族先民传说的神话人物，带有半人半神的特点，可以看出萨满文化的源远流长。"西林安班玛发"在长期的萨满祭祀和咏唱中，深入人心，他已成为家喻户晓、深受人们宠爱的伟大神祇。至今，它已形成满族一部泱泱巨篇的民间口碑长诗，全诗感情流畅、内容丰富，充分记录和反映了北方满族等诸先民的生活画卷和文化记忆，其价值和意义是不言而喻的。正因如此，它的深邃文化影响了几代人，至今仍成为北方各族人民脍炙人口的文学珍品。

　　本篇是由满族郭霍洛家族传承下来的萨满咏唱长歌。这个长歌的传承人就是郭霍洛·美荣。她一生最喜好满族"唐库玛克辛"（众舞）和"诺诺革乌春"（古谣），还传授给我的母亲等村内男女十数人。她是满族古老文化可敬的传承者和深受大家喜爱的民族艺术家。父亲酷爱民族文化，从青年时代起，一直到二十世纪三十年代，在农村教学之余，锲而不舍地采风，至今为我们留下丰厚的满族说部等文化遗产。这些是与奶奶对他的训育和影响分不开的。在我童年时，也常听奶奶用满语讲"乌春"，记得也有不少屯里屯外亲戚们来听。本篇《西林安班玛发》据先父回忆，为庆本家族立新房基，恰逢喜迎一九三〇年（庚午）除夕，我奶奶唱，父亲追记的。一九五八年夏天，瑷珲县文化馆访问我父亲，要看此内容，于是我父又将已散失的唱词，重新追忆写了出来。一九六〇年本人从父亲处听讲并记录下来。本稿内容基本保持原讲唱内容和风格，只是因为在乡下当年记录时速记，习惯于汉语书写，则对满语追求不多，今日审读颇有遗憾。

二〇〇八年十一月十四日

第一章 乌春乌朱（头歌）

额勒　窝莫西莎音　衣能给

比衣尼玛琴箔　德恩哈

通肯　安布拉　乌拉哈

恩都力乌春　乌春勒赫

各穆妈妈　玛发　阿玛哈　阿浑德

阿古　西莎音　毕依浓哈

西林安班玛发　给孙衣勒勒

额发萨　额给萨　端吉布哈

额勒　朱勒格萨克达衣　果勒敏乌春　朱鲁

萨玛朱克敦得勒　恩都力乌春　乌春勒莫

汉语译文：

在这个很美好的日子，

我打起手鼓，

敲起抬鼓，

唱起神歌。

各位奶奶、爷爷、大爷、兄弟、阿哥，

你们好，

今天我讲西林大玛发，

请静静地听吧！

这是古老的长歌，

萨满神堂上唱的歌。

第二章　雅鲁顺（引子）

嗬依罗罗，依罗罗——
嗬依罗罗，嗬依罗——罗——
兴根里阿林大无疆①，
　　依罗罗——，
萨哈连乌拉东流奔海洋②，
　　依罗罗——，
广阔无垠的大漠北啊，
　　依罗罗——，
　　嗬依罗罗，
　　嗬依罗——罗——
这是妈妈乳汁哺育的热土，
这是玛发汗滴浇灌的家乡，
　　嗬依罗罗，
　　嗬依罗——罗——

水有源啊依罗罗——，
树有根啊依罗罗——
神鼓敲啊依罗罗——，
神歌唱啊依罗罗——，
先世英名永勿忘啊，
　　依罗罗——依罗罗——。

① 兴根里阿林：即兴安岭。
② 萨哈连乌拉：满语，黑龙江

第三章　西林安班玛发，他从东海里走来

嗬依罗罗，
嗬依罗——
在遥远遥远的古代，
那时候兴根里阿林啊，
还没有个名字呐！
都叫"萨克达比干衣窝稽"，
说成今天的汉语
　　　　就是老野林子。
"萨克达比干衣窝稽，
巴那巴那顺顿格色，
奥姆格色，
格布阿户依毛达哈。"
意思是说——
　　　　在这片老野林子里，
　　　　到处是像天那么高，
　　　　像海一样广阔，
　　　　还没有名字的
　　　　　　古树窝稽里，
出了一位
　　　　顶天立地的大英雄。
他有老虎一样的声威，
他有雄鹰一样的气概，
他有梅花鹿一样的步履，
他有海神一样的智慧。
这就是满族先人远世古神

143

——西林安班玛发。

西林安班玛发，
　　都简称叫他西林色夫，
　　他初降人间部落，
　　非常神秘奇特。
世人谁都知道，
　　西林色夫可不是部落里
　　哪位赫赫怀胎有孕大肚子，
　　呱呱坠地生下来的
　　巴图鲁大英雄。
而是，不知不觉中，
　　世间众部落的人，
　　在一个朝霞似火的黎明，
　　突然发现了他。
他是红光里千只
　　喜鹊鸣唱降世的，
他是伴随万道
　　朝霞的光芒现身的，
他是被东海
　　大大小小白鲸驮举的，
他是从海里的
　　波涛中蹦上岸来的。
哎依林威朱鲁古，
哎依林威舍比雅，
在老先人原本
　　古老的爱曼①里，
　　只知道搂火盆，烤食哲沃，
　　穿整个光板皮，筒子额都库。
　　大冷天头里，
　　爱亲亲暖烘烘的

---

① 爱曼：满语，部落。

夫尼赫①。
日子快如流星，
往身上一裹就是一生。
不会剪裁缝补，
做现在各种衣裳。
那时，吃东西
　　只是往火里一投，
烧熟了就填饱了肚子，
吃东西不知道用盐，
不知道切碎吃，
更不知还要烹饪，
肚子塞满了就是一天。
那时，人不懂
　　敬祖祭祖，
不懂礼节谦让，
处处事事显得
　　那么野蛮愚昧。
偏偏不巧，
　　在我们祖先部落
　　北部"阿玛利刻②"，
还有一个大部落，
　　叫嘎纽古伦
人丁兴旺，
有萨满主持祭祀，
族众团结，
步调一致，
远比我们
　　祖先部落发达，
可是很野蛮、好战。
他们期盼着

---

① 夫尼赫：满语，毛发。在这系指披毛皮御寒。
② 阿玛利刻：满语，北方。

我们祖先的部落，
一天不如一天，
最终纳入他们
　　大部落中去。
为此，
嘎纽古伦，
朝朝暮暮，
惦记着治服我们，
仗着强悍的势力，
　　虎狼般的豪夺，
从海湾的一个角落，
不知何时刮来
　　阿玛利厄顿格色①，
突然地冲过来，
人山人海，
烧杀抢掠。
不但抢劫财物，
而且活捉男人。
他们野人部落
　　女人当家。
女人多，
男人少；
生女人多，
生男人少。
而且，任何女人身边
　　都有几个男人。
男人到中年后，
腿脚四肢无力，
被当成是个累赘，
就杀掉，或投入大海。
故相传大海里

---

① 阿玛利厄顿格色：满语，像北方的云。

有男人岛，
全都是老年哈哈。
老人岛又叫弃儿岛，
岛上的男人
多变成了海盗，
成为一方之患。
弃儿岛还在不断增多，
祸害无穷。
嘎纽古伦的额真们，
常来扰先民，
因为祖先部落
离他们最近，
攻掠十分便利。
所以，是最受到伤害、
最可怜的弱部。
何况，随着时光的推移，
我们祖先部落人口锐减，
一天不如一天，
眼看着快到了全部落
分崩离析的地步。
剩下的老人和孩子，
朝朝暮暮，
啼饥号寒，
朝不保夕，
真是叫天天不应，
唤地地无门。
总之一句话，
到了走投无路的绝境。
男人和女人们
爬上高山顶，
向天神祈求，
走进深海中，
露着头，

扬起双臂，
向海神哭诉，
堆起长长石台，
筑起高高神坛，
堆满柴草、
山果、禽兽，
罗拜遍野，
以海水、河水代酒，
洒向大地、海岸，
刺伤自己额头和胸背，
流淌出来的殷红血液，
扬洒天宇、大地、丛林，
此起彼伏地
热泪呼喊：
"妈妈——，
额勒根箔——，
艾突木比——！ ①
恩都林威——，
额勒根箔——，
艾突木比——！ ②"
悲声被海风远播，
悲声被浪潮淹没。
祖先们血泪的呻吟，
心灵的呼喊，
果然奏效了！
心诚感天，
就在一个黎明时分，
大家正在呼喊中时，
只听东海里一声声雷鸣，
海浪高耸入天，

---

① 妈妈，额勒根箔，艾突木比：满语，汉译为妈妈，救命啊！
② 恩都林威，额勒根箔，艾突木比：满语，汉译为众神灵，救命啊！

在白茫茫钻天的
　　　　白柱子一样高的浪峰上，
　　恍惚可见，
　　果真从海底深涡中，
突然涌喷向天穹
　　一股隆起的巨浪，
巨浪托举出
　　一个上身穿小红肚兜、
　　下身系着虎皮绣带、
　　穿条金色鳞纹连裆小皮裤，
　　戴着耳珠坠子，
　　光着小红膀子，
　　两个有劲的小胳膊上，
　　各都长有大筋包，
　　头上披着半腰长的黑发，
　　闪闪放光。
脖子上围着金丝圈，
金丝圈上
　　串着九个小骨人，
都是海豹和鲸骨
　　磨出来的，
　　情态峥嵘，
　　栩栩如生，
　　称作"乌云瞒爷"。
这个"乌云瞒爷"，
是著名的管天管地管人
　　的大瞒爷，
　　也叫"搜温赊克"。
九个骨人大瞒爷，
　　是东海女神
　　德力给奥姆妈妈
　　身边侍神，
管天的神有

"舜都云"，

"比亚都云"，

"都给都云"；

管地的神有

"阿林都都"，

"渥集都都"，

"窝赫都都"；

管人的神有

"尼莫格赫"，

"尼亚满格赫"，

"恩都发扬阿格赫"。

这些众神

翻译过来就是——

"太阳神""月亮神"

"云爷爷""山神"

"岩石神""治病妈妈"

"心智妈妈""神魂妈妈"。

看啊！

有了这些

司掌宇宙的

九位大神

全系一身，

都为这位海中跃出的

赤臂小神人效劳，

万神敬慕，

谁敢惹他，

真是神勇无敌啊！

小神人站在

半空的海浪尖之上，

四周放射出七彩神光，

彩云在飞翔，

彩蝶在翩飞，

百鸟和海鸥在鸣唱。

挣扎在水深火热中
苦难部落的老少女人们，
　　　　都惊喜万状，
　　　　匍匐在地，
拼命地仰头招手呼唤，
企盼海中神人，
快来拯救奄奄待毙的人们。
众部族的人们，
声嘶力竭地齐声喊：
　　　　"勾辛嘎依恩都林耶，
　　　　霍敦艾突木比！ ①"
只见那个小神人，
将脖子上九个"小瞒爷"
金丝圈拿在手上，
往天上一挥，
不知道从什么地方，
飞来百只海鹰，
都是展翅像白云，
覆盖着旷野，
巨爪像一只只遮天掌，
地上麋鹿奔驰，
　　　　小兔跳跃，
　　　　杂花生树，
　　　　野果芳香。
这是一片新奇的世外桃源，
这是一片非常陌生的热土，
是小神人用无穷神力
　　　　给送来的东海世界。
只听那个小神人
　　　　站在白云中说：
　　　　"苦难的妈妈、玛发、

---

① 勾辛嘎依恩都林耶，霍敦艾突木比：满语，汉译为仁慈的神啊，赶快救救吧！

阿莎、阿古们，
你们就在这里
安居新家吧！
远离那虎狼逞凶之地，
迈进这鸟语花香之野，
百只海鹰是天母的使者，
是海神派来的卫士。
它们昼夜巡逻东海，
永远是强盗的劲敌，
豺狼也望风披靡。
这里是你们
无忧无虑的乐土。
懒惰使人颓废，
勤劳才能富裕。
要靠忠实、诚恳、
互谅、友谊，
去开创新居，
建立崭新的噶珊
和拖克索吧！"
得救的人们，
齐被这无比神奇的
天降恩惠所感动，
个个都感激涕零地
询问小神人：
"西艾格布？①"
小神人说：
"噢，我是东海之子，
你们就叫我
西林色夫吧！"
于是，西林色夫的名字，
就从此传叫开来了。

---

① 西艾格布：满语，汉译为"你叫什么名啊？"

第四章 | 查彦哈喇部，
有了自己的萨玛

嗬依罗罗，
嗬依罗——
查彦部落喜降神人，
人人奔走相庆，
从此再不受欺凌。
一天，西林色夫说：
　　"我去嘎纽古伦，
　　　不能再让它们横行下去，
　　　得救他们出火坑。"
查彦部落人刚刚
　　平静的心，
一听说嘎纽古伦名号，
　　可像海水顿起波澜，
个个东藏西躲，
　　胆战心惊，
真像似嘎纽古伦，
又闯进自家洞窟。
频频哀求小神人
　　万万别再提
　　这群吃人魔鬼。
西林色夫说：
　　"有首古谣：
　　'牛克尼雅哈非单啊，
　　　乌朱牛克尼雅，
　　　阿克达哈；

卡敦爱曼啊，
珊延达哈，
阿克达哈。①，
渔翁要捕鱼，
猎手要擒兽。
你们不必跟我去，
我自有办法。
不过，后天你们务必去
迎接新伙伴呀！"
众人迷惑不解，
只好点头应允。
西林色夫戴好金丝圈，
便匆忙上路。
白海鸥作哨探，
风神妈妈背他走，
嘎纽古伦就在脚底下。
他举起胸前金丝圈
——九个小骨人
神威无敌的宇宙神。
向着东海呼唤，
只见远海朵朵白云飘来，
化作鹰群在飞鸣；
再向东海呼唤，
召来天将风雷雨雹，
唤来雄鹰熊猪豹。
人无德，当自毙，
嘎纽古伦额真掠夺成性，
向以百战无敌自豪，
平日里凭仗着抢掠，
归来后饱享大睡，
饥饿时则再聚伙逞恶，

---

① 这是满族一首古谣，汉译是："雁队啊，靠头雁；强壮部落啊，靠好头领。"

朝朝暮暮，
　　惰如蠹虫。
西林色夫烈火性子，
　　疾恶如仇，
自奉德力给女神旨意，
　　来到人世后，
早就想痛快惩治恶徒。
命风雷雨雹
　　铺天降下，
　　顿时淹没了
　　嘎纽古伦"塔旦包"。
鹰群利爪
　　掀飞了嘎纽古伦
　　"塔旦包"上皮罩子。
黑熊、野猪、花豹冲进
　　嘎纽古伦
　　各个"塔旦包"，
　　把一个个肥胖如猪的睡梦者，
　　拖到泥水包围的土台上。
这伙盗寇赤裸裸地
　　抱着膀子打哆嗦，
　　周身黑泥沙，
　　吓得屁滚尿流，
　　拼命狂喊"饶命"。
嘎纽古伦额真
　　匍匐哀求，
　　情愿遵从
　　西林色夫调遣。
这时查彦部的人们，
受西林色夫之命，
赶到了嘎纽古伦。
狡猾的嘎纽古伦
乘机逃走，

余众全被收入查彦哈喇。
嘎纽古伦部的人，
　　　受过这场猛兽惊吓，
　　　回心转意，改恶向善，
　　　联合成强大的莎吉巴那。

嗬依罗罗，
嗬依罗——
莎吉巴那的人，
心中系念一件怪事，
令部落人们费解——
小神人西林色夫啊，
究竟家居何处？
只瞧见他早来晚归，
都离不开浩淼的大海。
难道海是他的家？
那么家在海中何处？
族众天天遥望，
也追索不见踪影。
人们暗藏偷窥，
才发现惊人奥秘：
西林色夫，原来是
　　　每回都从海浪中现身，
　　　是海浪把他从深邃无疆的
　　　碧海深处托举出来，
　　　来到帐包之中，
　　　帮助男人女人们
　　　织网，晒网，
　　　缝补船帆，
　　　砍削用大原木凿成的
　　　深海"扎卡大舟①"。

---

① 扎卡大舟：即深海帆船。

他从海中带来
十只白海鸥。
这不是一般的海鸥，
白白的身躯，
白脖子上有一圈蓝羽毛，
尾巴上有几缕红丝翎羽。
它们远比其他海鸥
更精灵、神奇，
能分辨暴风雨和
阴云密布中大地的方向，
千里万里从不迷失征程。

它们还能
预知海潮、海啸和
千丈巨浪的突袭。
所以，赶海的人们都叫这种
无比神奇的蓝脖红丝尾的海鸥
是"海神"，
是"信鸟"，
或亲昵称它"莫德里萨里甘①"。
西林色夫
将它送给苦难的人们，
新选的新居地址
起名叫"莎吉巴那"
——吉祥之所。

在莎吉巴那四周，
伐来参天大红松九株，
刻成宏伟的图喇柱，
雕有活生生的
鹰、虎、蟒、熊、长鲸，
还有山川的图形，
全是莎吉巴那

---

① 莫德里萨里甘：满语，汉译为海妇。

的徽号和象征。
西林色夫劝告族人：
"你们为何像散沙
谁都敢欺凌呢？
就因为你们没有
　　像山岩一样
　　团聚如坚、
　　巍峨不可摇撼。
你们应该
　　把祖先的法器，
重新恢复起来，
就会举世无敌。"
部落的人们哟，
不解地问：
　　"我们已经得到温饱，
　　又蒙神人你的相助，
　　何愁缺少什么呀？"
西林色夫说：
"你们自己心爱的
　　萨玛在哪儿？
生机勃勃莎吉巴那
　　要在何时出现萨玛？"
部落中的老年妇女说：
　　"善良的神人啊，
　　我们何尝
　　不想念萨玛呢？
　　我们早年
　　有伟大而威严的萨玛，
　　可惜被魔鬼部落
　　残忍地烧死。
　　后来缺衣少食，
　　挣扎在死亡线上，
　　朝不保夕，

哪还有心思
寻找贴心的萨玛啊！"
西林色夫说：
"你们想不想要？
只要上心寻找，
阿布卡赫赫才会
把可心的萨玛
给莎吉巴那送来。"
众人异口同声地说：
"愿神灵恩赐吧！
我们日夜都在思念着
莎吉巴那的新萨玛啊！"
于是，西林色夫
命部落的人，
进山捕三头公野猪、
三只梅花鹿、
三只穆林阿林的雪兔、
三条东海九度白皮海鲸，
此外，还有东海沿岸
众多南北纵横溪流盛产的
水獭、细鳞、
鲤鱼、鲇鱼、
鳇鱼、江蟹、
河虾、勾辛……

供物如山，
满目琳琅
一派生机！
在莎吉巴那东山腰，
松林环绕的草坪上，
开满了红花、白芍药，
族众堆土垒石，
摆设高大的祭坛。
西林色夫主坛，

族众环绕四周，
用穆林阿林的
　　野玫瑰、黄瓜香、
　　香草、野苏子
　　制成"安巴年期先"，
人人都抱一束薪柴
　　放入九堆篝火中燃烧，
又在大石舀中
　　点起"安巴年期先"，
香烟缭绕，
直冲霄汉。
这是昭示神灵周知，
请众神灵庇佑，
迎请最聪慧、
　　最无敌的萨玛，
降临"莎吉巴那"。
萨玛在人间替身的诞生，
诚谨地按照西林色夫
　　传授的古老授神法进行，
由西林色夫
　　在部落中执选他认为
　　有条件可充任萨玛的
　　男女老少三十人，
让他们净身、沐浴，
然后离开自己的部落，
远到清幽的海滨山谷之中，
在三十株大树上
　　架起了三十座树屋。
每人进驻一屋，
那里早已备办好水和肉，
宿住上面，
不准下来。
在多日的求梦中，

验证自己是否
　　受到穆林阿林山灵和
　　东海女神的眷顾？
谁梦到自己手中
　　有东海女神萨玛信物？
经过主祭大萨玛——
　　西林色夫验证认可后，
确认萨玛仪式
　　才算最终完结。
部落的人们
像喜事盈门，
齐聚这座东山谷，
载歌载舞，
虔心祝福。
这些心急如焚的人们中，
有不少人都是
　　神选萨玛们的血亲
　　——儿子、兄弟、姐妹。
　　围众频频仰视树屋，
心怦怦在跳，
　　暗暗在祈祷、猜测
　　谁享得神物，
最终成为全族
神选的接续萨玛。
为氏族精诚效力，
为氏族一心谋福。
　　西林色夫说：
　　"你们要相信我，
　　我是东海女神
　　身边的侍卫萨玛，
　　会公平办事。
　　若是萨玛，
　　我必会认出来；

若不是萨玛，
也难逃脱我
秋毫无犯的神眼。"
众人们都翘首以盼，
三十棵树屋和
三十个预选萨玛，
各自在自己的树屋中
闭目养神，
祈求神祇
让自己平安入眠，
等待东海女神
送来神圣的萨玛魂灵。
时光飞速疾驰，就这样
在西林色夫率领下，
边杀牲，
边献血，
边燃篝火，
边烧芬芳的
"安巴年期先"。
西林色夫指导族众做的
九面鲸皮"安巴通肯①"，
用虎骨槌敲得震天响，
族人众手敲响了
十数面马鹿、野猪、山羊皮
蒙成的"尼玛琴"和
"小手鼓"，
犹如林莽松涛，
排山倒海，
叱咤风雷，
惊吓得天禽、野兽
不住地飞鸣、狂奔。

---

① 安巴通肯：满语，汉译为萨玛祭祀专用的大抬鼓。

一连过了七个日落星出，
三十棵树屋依旧静悄悄；
又迎来两次早霞，
仍很安详；
又过三天，
西山坡古杨树的
　　　树屋人传报得梦，
　　　喜得东海女神赐的礼品
　　　——萨玛信物。
不久，东山冈，
　　　南山冈，
　　　西山冈上，
　　　古槐、古柳、
　　　古桦树上屋中人，
频频传报
　　　东海女神赐给神物。
西林色夫方命
　　　鼓声停止。
篝火烈燃，
　　　八十一堆篝火，
　　　照彻深夜如白昼。
西林色夫命族人，
　　　将三十位预选萨玛，
　　　一个个都从高树间的
　　　树屋中接下来，
　　　载歌载舞地迎进
　　　"莎吉巴那"噶珊
　　　香獐子皮帐之中，
　　　由西林色夫一一验看。
西林色夫披挂上
　　　沉重而威武的鲸皮和
鲸骨连成的大神服，
头戴虎骨、豹骨

镶嵌而成的大神帽，
彩色飘带两丈长，
拿起鱼皮神鼓，
咏歌调神。
众族人也纷纷击鼓应唱，
上下内外
一片热烈，
照红了地，
照红了所有参祭的族人。
在狂舞中，
三十位预选萨玛
都忘情地投入人海中，
边跳边舞边唱起来。
随着跳神节韵，
群情更加热烈。
西林色夫已经神灵附体，
一个箭步蹿上路边
一棵千年古榆树上，
在榆树粗壮的枝头上
击鼓迎神。
树枝和绿叶
上下抖动，
而西林色夫
边跳边唱，
放着嗓门呼喊，
无惧无畏，
却没掉下树来。
众人显然担心
怕有闪失，
可众人马上明白了，
西林色夫是
东海之子，
是神灵的化身，

是永远不会有闪失的。
西林色夫的神鼓
　　　　敲得更响，
跳神更加激越，
大声呼喊、吼叫：
　　　"我的新选色夫①啊，
　　　谁是萨玛，
　　　谁是东海女神选中的萨玛，
　　　别再犹豫不决，
　　　别再畏惧退缩，
　　　该显示你的本色了，
　　　快快跳上树来，
　　　与我一同舞蹈跳神！"
西林色夫
　　　这么一喊，
三十人中
　　　果然跃出两人，
后来又追上一人，
他们三人一纵身
　　　跳上高高的大榆树巅，
在树枝上纵跳高喊，
能非常熟练地
　　　跟随西林色夫一道，
唱起他们
　　　过去从未听过、
　　　从未唱过的神歌。
这时，西林色夫
　　　突然一纵身，
从高树上跳下来，
身上像有翅膀一样，
轻轻落地，

① 色夫：满语，师傅。

声音皆无，
便拼命向大海跑去，
神服不脱，
便击鼓跳进海中。
海水未能淹没
　　他的身躯，
始终总是
　　没到他的后腰之下。
边跳边唱，
便大声喊叫：
　　"我的新选色夫啊，
　　谁是萨玛，
　　谁是东海女神
　　选中的萨玛，
　　别再犹豫不决，
　　别再畏惧退缩，
　　该显示你的本色了。
　　快！快！跳下海来！
　　与我一同舞蹈跳神！"
西林色夫这么一喊，
只见那三个
　　跳上高树巅的预选萨玛中，
又跳出两位，
纵身跳入深海，
在深海中
　　与西林色夫共唱共舞，
海水仅仅没到中腰。
神歌并不陌生，
像多年来
　　就是一位东海萨玛。
西林色夫
　　突然又从海中跳起，
跃到用七十根原木、

五十罐海鱼油
笼起的通天篝火边，
赤脚光臂，
纵入熊熊
烈火中跳起来，
神鼓敲得
犹如万马蹄鸣，
神歌呼唤着
拖亚拉哈女神，
火星一点也
烫不着西林色夫。
这时，有两位预选萨玛，
接着，又有一位预选萨玛，
也脱掉神服神靴，
赤足紧跟西林色夫，
钻入红红烈焰中
踏火跳神。
月轮西沉，
踏歌仍酣。
西林色夫这才
收起鹰腿骨鼓鞭，
放下海豹皮手鼓
脱掉大神服，
摘掉大神帽，
来到三十位
预选萨玛跟前，
询问众人：
"在神屋夜梦中，
得到东海女神
何种礼物？"
这时，
大家把右手伸开，
只见，有二十余人

手中空空。
另有三人
手中却有不同新物：
——布勒、
刷烟窝尔霍、
奥莫窝赫①。
东海古俗，
布勒是大海的象征。
生活在穆林阿林的人，
有了"布勒"，
便可在大海中
自由自在地航行，
象征吉祥永在身边。
刷烟窝尔霍，
是生活富庶的象征。
预示生活在海滩的人，
总会丰衣足食。
奥莫窝赫，
是大地最高
权力的象征。
只有手握海石，
能占有大海
礁石、岛屿，
才成为大海主人。
这三位萨玛
获得神物，
宣告已被神选。
正因如此，
方能追随西林玛发
随心所欲地
舞蹈跳神。

---

① 布勒：满语，海螺。刷烟窝尔霍：满语，黄色的草。奥莫窝赫：满语，海石。

他们被海神抚爱，
成为海神的得意家丁，
成为氏族信赖的
　　　神职萨玛。
这三位新选萨玛，
巧得很，都是年轻赫赫
——聪明、美貌
　　　风度翩翩。
氏族部落，
欢呼雀跃，
歌声雷动。
多少年来，
苦难的人儿啊，
像风吹枯叶
　　　流离徘徊，
如今枯木逢春，
万事如意。
莎吉巴那
　　　终于有了
自己神威的萨玛。
有了生命的向导，
有了可靠的保护神。
俗语说：
雁过留声，
人过留名。
氏族千载传徽号。
从此，莎吉巴那，
成为部落总的名号。
声传百里，
远近皆知。
像小雪球越滚越大，
莎吉巴那统领东海
　　　查彦都鲁、格杜尔钦、

班达尔查、古敏乌尖、
其卡尔、布尔堪、
打胡杜里、巴布其泰、
小嘎吉等大小九个部落。
其中，属查彦都鲁部落
最有声威。
在西林色夫倡议下，
选出查彦安班妈妈
为阖族总穆昆达，
此外，查彦吉妈妈
和查彦依兰妈妈为助手，
率领着老少族众，
一年四季，风风雨雨，
山林，海上，湖滩，
江河、野猪圈，
脚步从不闲着，
网渔、捕猎、
采集、育畜，
噶珊步入了富庶。
查彦都鲁部落，
自从有了萨玛，
就有了氏族旺盛的鼓手，
卫内御外的莎音色夫[①]。
三位女萨玛
不负众望，
成为莎吉巴那
查彦都鲁部落的
主祭大萨玛，
也称查彦都鲁哈拉
最初的额真。
他们为氏族

---

① 莎音色夫：满语，良师。

创制了谱系，
用兽骨片千串，
　　刻制萨玛神歌传世，
　　又刻出
　　"猪皮萨玛歌"百条，
　　记述了族史和
　　神谱、神歌。
为部族培育了
　　五世萨玛，
香烟缭绕，
祭礼不绝。
功高盖世，
百代流芳。
后世族人
　　为三大女萨玛
　　创立了神谱，
　　永传青史。
她们的名讳——
查彦安班妈妈、
查彦吉妈妈、
查彦依兰妈妈。
三位妈妈分责——
查彦安班妈妈
　　主持部落，
查彦吉妈妈和
查彦依兰妈妈
　　辅佐主持部落。
从此，莎吉巴那
　　有了权威的首领，
执掌天下。
西林色夫又
　　领着查彦部
　　制定了制度

和戒规，
留传如下。

族规三则：
一、部落届期会议，
必来必到，
不由一人专断，
而要共商大事，
　　共谋良策；
二、部落届期致祭，
必来必到，
不可抗违，
　　祭为号令，
　　祭为神示，
　　祭为常规；
三、部落共选墓址，
共同坟茔，
违规者不入坟茔。
凡入茔者，
部落共祭，
萨玛祈祷，
有功者赐猪牙、
獾牙或岩石
　　串饰入葬。

图喇三则：
一、图喇永固。
族人要像
　　鱼群一样，
分秒向群，
　　不学失群野猪，
　　必遭一毙；
二、图喇为号。

号动人动，
号损人亡，
号壮人丰；
三、图喇即族，
族即图喇。
同心戮力，
视死如归。
开天辟地，
荒蛮古林，
查彦部落创建了戒规，
这是惊人喜事，
像群鹿有了头领，
　　不再各奔西东，
像散沙有了护栅，
　　不怕风来吞噬。
查彦都鲁真像茁壮的大树，
查彦都鲁真像攥成了拳头。
西林色夫口耳相授
　　查彦安班妈妈、
　　查彦吉妈妈、
　　查彦依兰妈妈
　　祭礼、祭规、
　　神谱、神歌，
　　全铭记心中，
　　画在山岩上，
　　刻在剥皮树上。
　　望画念神，
　　抚树咏歌。
　　永不泯灭，
　　神谕百世。

第五章 | 千岁玛发啊，安能
久栖大海之中？

嗬依罗罗，
嗬依罗——
古代，在东海
　　窝稽部落里，
不懂得医病。
族众一旦出现
　　病患症候，
都认为被魔鬼调弄，
挺一挺，
蹦一蹦，
跳一跳，
喊一喊，
就会给吓跑啦！
再厉害再沉重的疾病，
病得已经爬不起来，
甚至双目紧闭，
呼吸微微弱弱，
奄奄一息的时候，
就习惯看成是
　　魔怪把灵魂背走了。
不可救药啦！
于是，族人们
　　大家动手，
　　大家帮忙，
把病者抬进

深山老林，
或乘筏送进

　　茫茫大海深处，
直接投海给魔怪，
凭它们怜悯、治理。
部落的人们，
互相帮助

　　做着一宗事，
视为在做好事，
早点送给魔鬼，
病痛能尽快解决，
病者也早日

　　得到解脱。
所以，往昔东海人

　　流传"送活人葬"，
反而视为

　　天经地义之事。
这种古俗的改变，
相传就是西林色夫

　　给扭转乾坤的。
西林色夫

　　交给莎吉巴那

　　和查彦都鲁
男女老少，
认识和学会采集

　　当地的百种

　　土药、草药，
采集回来

　　各种土、石、

　　草、卉，

　　各种兽、禽、

　　爬虫之类

　　肢体、五脏，

如何洗净、晾晒、研磨、
　　切割、蒸、煮，
采取种种不同的
炮制技艺，
教给族人
　　针灸、按摩、医药，
在兴安窝稽，
穆林窝稽，
倡兴起来。
经过五个冬春努力，
莎吉巴那
　　这片往昔无名之地，
声名日振，
部族昌盛起来，
也远近闻名。
在西林色夫率领之下，
打起征旗，
冲回原来的
　　查彦都鲁阿林故地，
打败了早年欺压
　　不少部落的
　　仇人霸主。
在西林色夫率领下，
让查彦都鲁哈拉的人，
以宽大仁爱为怀，
仇家部落既然认罪，
就以友相亲，
同是查彦都鲁阿林的
　　东海故人。
居住着欢欢乐乐的
　　各个部落的族人，
同是东海女神的子孙，
冤仇宜解不宜结，

和睦相亲，
携手千年。
从此，
东海滨各个部落
　　再没有了
　　　嫉妒和杀戮。
查彦都鲁哈喇部落，
一跃成为
　　众部之首。
周围居住着
　　　何舍里哈喇、
　　　纽祜禄哈喇、
　　　尼玛查哈喇等
大大小小部落百余家，
共同开拓着
　　富饶的东海。
此后，部落兴旺，
蒸蒸日上。
可是，部落的人，
最感激、最敬慕的恩人——
　　就是西林色夫了。
此时，西林色夫
　　虽然常来部落之中，
但他的家
　　仍在东海之中。
天天仍然是
　　从东海浪尖
　　把他托举到大地，
夜晚又是东海的浪尖
　　把西林色夫接回海中，
从黎明到夜晚，
周而复始，
从不改变。

莎吉巴那地方
　　部落的人们，
很感激西林色夫，
本来与其无关，
都要时时处处
　　为大地上的
　　人们牵肠挂肚，
引向幸福安适的生活。
各部的族人
　　都离不开恩人西林色夫，
都想念他，
都诚心祈盼西林色夫，
不要再回到海里去住，
就盼望他与族众同住
　　在查彦都鲁阿林的
　　秘密莽林之中，
　　同享富贵。
各部落的人们，
齐把自己
　　埋藏心底很久的企盼，
　　诚恳地告诉西林色夫，
　　并殷切希望他
　　永远和各族族人
　　长住一起。
众人的请求，
西林色夫
　　都心领了。
但是他说：
　　"我何尝不愿意
　　和众位乡亲
　　久住一起呐？
不过，现在不行。
　　我还要求你们

能办到几件事。
你们若都办到了
　　我必会来你们中间的。"
众族人问：
　　"究竟是什么条件啊？"
西林色夫说：
　　"现在，你们的生活
　　是比往常有了很大改观，
　　团结和睦，
　　不再野蛮殴斗，
　　懂得猎兽、网鱼、
　　会制作石钩、石箭、
　　地窨等家具，
　　安居乐业，
　　躲过了更强大的
　　外乡部落的欺凌。
　　可是，这怎么算够格了呢？
　　一个噶珊，
　　一个扈伦，
　　要真正站起来，
　　首屈一条是要
　　有氏族家规才行。
　　这就要创制
　　出一年春秋祭祀，
　　不应随时应祭而已。
　　我们有了萨玛，
　　这就是常祭的保证。
　　祭者祭天地
　　和日月星辰，
　　这是我们生存之本。
　　天道顺，
　　识天时，
　　人方可安居永乐。

祭生存衣食之源，
人生于世，
靠世间万物滋养，
须臾难离，
是天务，
是万物，
均为我有我备，
务教、务祭、
务奠、务献，
同享宇宙之恩。
故要祭万牲、万物，
万牲有灵，
皆可惠我，
敬谢之，
诚感之，
人生于世，
念父母之功，
慎终追远，
祖德宗功，
继往开来，
奋志蹈进。
祭先祖，
祭远祖，
源远流长，
永世其昌。
此礼勿惰勿废，
人生有道，
大义非悖。
何况，查彦都鲁阿林，
原出林莽，
仍有强部据守，
掠夺无度，
中阻山麓东进关隘，

应合力克之。
查彦都鲁阿林
化为一宇手足，
东西南北
八方乡亲，
东海边陲欣欣向荣。
我待此期，
各族勉之。"
西林色夫
一席肺腑之言，
却令各部落皆尽知己任，
决不辜负
西林色夫殷切期盼。
各部又经五载苦斗，
不仅人丁兴旺，
渔猎丰盈，
而且合力征服了
强权部落，
原来称雄几时的老首领，
被部族勒死，
新女主执掌部族大权。
从此，莎吉巴那
各部手足相称，
亲密无间。
在西林色夫玛发
关照诱导之下，
各部不仅都有了萨玛，
还创立了族规，
日夜鼓声歌声，
此起彼伏，
气息浓烈，
渔猎所获，
堆满了部落的

洞窟和地仓。

丰衣足食，

载歌载舞，

众族人请西林色夫

　　践行他的诺言。

西林色夫通过梦境，

告之莎吉巴那地方

　　查彦都鲁哈喇的萨玛们，

让他们选定一个吉日良辰，

由萨玛们祈祷，

率族众乘九只独木舟

　　进东海迎接他。

梦中言：

　　"按我西林玛发所指之路，

尔等约行三日许，

可登一座形如棒槌的小岛，

岛上遍生丹株神树，

红木常绿不焦，

在其两侧丹株层林中，

会数到第一百株丹株树，

在此树下，

会见到一个洞穴，

进入洞穴中，

内存有一椭圆形石棺，

棺中藏神器

　　和一石雕萨玛。

此乃千岁萨玛，

　　此即吾身也。

天地开创不久，

天母阿布卡赫赫

　　与地母巴那姆赫赫，

见此地一片荒芜，

各林莽生灵

只是弱肉强食，
　　互相残害，
　　毫无礼数，
　　便商定，
　　此地应有萨玛治世。
巴那姆赫赫嘱咐
　　阿布卡赫赫，
必设法选一位
　　最精深造诣之师为萨玛，
才能治理好此山此水。
阿布卡赫赫
　　用与耶鲁里争杀时
　　穿戴身上的石球，
　　摘下了一颗，
化作石雕萨玛模样，
称其名曰'西林萨玛'。
'西林'即含
　　'精细''高深'之意。"
莎吉巴那萨玛
　　遵西林色夫之言，
　　果然得梦。
次日，将梦告之族众，
众族人各个惊愕不已，
但人人都依然欣慰，
深觉从此
　　大恩人西林色夫
　　能与我们朝夕相聚，
　　同住莎吉巴那。
查彦都鲁哈喇
　　各族族众，
在三位女萨玛主祭下，
　　参拜神灵，
立即率众出海，

迎接西林色夫。

他们登上棒槌小岛，

发现一座洞穴，

三位女萨玛

　　焚香进入洞室，

将石棺中神器

　　与一尊木雕萨玛，

小心包裹好，

捧出海滨，

然后众人乘舟

　　返回莎吉巴那地方，

重铸神堂神位。

遵照西林色夫嘱咐，

将木雕萨玛偶人，

植入木槽盆中。

木槽里装满

　　从野地采来的野谷穗，

用石臼研压，

风吹扬晒，

筛出鲜嫩的白小米，

装入烧制的陶盆中，

再将偶人摆入米中，

完全用白小米覆盖，

日日润海水十滴，

牲血三滴，

鱼血五滴，

鲜花汁水九滴，

百日后

　　白小米呈艳红色。

日下有光，

再经百日，

白小米呈金黄色，

经旭日阳光普照，

再经百日，
众族众再视陶槽盆内
　　白米已经空荡荡，
所放的木偶人
　　不知销迹何处，
　　仅余光洁槽盆一具。
众人惊奇，
德高望重、
　　恩重如山的
　　西林色夫缘何未见？
正狐疑中，
突见东天海滨
　　陡现半天霞光，
光芒万道，
间有迅雷声，
犹如天马行空。
众族人蜂拥
　　直奔海滨，
其景令人
　　心旷神怡，
远眺前方，
海面高高隆起
　　陡峭山峰般的浪涛，
直插云天，
浪尖梢上站着西林色夫，
大浪向海岸倾斜，
恰似海中天桥。
西林色夫
　　在浪涛呜呜风吟之中，
从浪桥走到族人之中。
他兴高采烈地说：
　　"乡亲们啊，
你们纯真的赤诚，

感动了东海女神，
感动了我，
我再生了！
　　千年后我重又
　　回到了人间。"
众族人像众星捧月一般，
拥举着大萨玛西林色夫，
一直抬入鲜花簇拥的神堂。
萨玛们击鼓咏唱，
以激昂优美的
　　神歌相迎。
　　"安巴年期先"
　　燃得更加浓烈，
清香烟味熏得
　　人们无比振奋。
莎吉巴那最盛大的
　　祭礼开始了！
神堂摆满供果、鲜鱼，
西林色夫威严地穿起
　　萨玛东海百卉神服，
　　头戴九鹰日月大神帽，
簇簇彩铃嘤嘤悦耳，
无数骨饰偶像千奇百态，
象征自己是
　　统御寰宇的最高神主。
西林色夫三位爱徒，
　　——莎吉巴那三位女萨玛
　　紧随师傅也都穿上
　　各自鹰蟒鲸骨大神服，
众侍神男女萨玛
　　身围虎皮、豹皮、
　　熊皮、狼皮，
　　击鼓助祭，

感谢东海众神庇佑，
同贺千载萨玛重返人间，
萨玛光辉代代永续，
神歌万古长存。
三位女萨玛紧随着
　　西林色夫的步履，
神舞一同跳动起来，
手鼓一同敲起来。
几大部落的族人们，
都为西林色夫
　　再生复苏，
向大海撒采来的野花和山果，
围上来，唱起来。
西林色夫激动地说：
　　"族人啊，
　　今天是最吉祥的日子！
　　我就是
　　莎吉巴那阿林一员了！
　　你们就叫我
　　西林安班玛发吧！
　　因为我有
　　千岁的高龄啊！"
从此，西林安班玛发
成为查彦都鲁阿林
　　各山峰、各沟谷，
众部落噶珊、拖克索，
最受拥戴和敬仰的名字。

第六章 | 西林色夫为医治疾患，
到天上求访古老的众神

嗬依罗罗，
嗬依罗——
西林安班玛发
　　为人平和、
　　慈祥、热诚，
擅用草药为族众医病，
每每都药到病除。
凡东海的千草百物，
在西林安班玛发的手里，
就变成了稀世珍宝，
　　可医治百病。
所有疑难杂症，
妇人产前产后，
童子癫疯白痴，
都能转危为安，
　　起死回生。
往昔，曾在亨滚河，
突发可怕的"山搭哈"，
脸生溃脓的"天花"疮，
太凶残了！
蔓延得非常快，
不到一个月缺月圆，
附近不少部落里的人
就快死光了，
到处是尸体，

昼夜都抬死人。
清晨好好的人，
到傍晚扑腾一声倒下，
腿一蹬就咽气了。
竟有大海船上，
来时不少外客，
船还没靠岸，
可等靠上岸，
人都下不来了。
原来，船上人
　　也染上"天花"，
　　奄奄待毙。
时人挣扎疾呼：
阿布卡赫赫啊，
快快开开恩，
拯救垂亡的东海吧！
病患猖獗时，
各部落族人击鼓跳神。
当时，西林色夫
　　初到人世，
鼓励众人说：
　　"祭祀，祈神，
　　是求智慧，求办法，
　　不能光敲皮鼓就地转，
　　神灵在开拓咱们闯生路，
　　昭示我们挺胸膛，
　　东海这么大，
　　穆林阿林这么绵延数百里，
　　难道我们找不出回天力，
　　治不住'山搭哈'吗？"
众人被瘟疫吓住了，
各个手足无措，
只待等死，

靠天活命。
西林色夫
最擅长中草药，
便带领没有
　　得天花病的人
　　进山里采药。
没有得病的族人，
都给带进深山荒谷躲病，
说来还真有效，
人群一分开，
互不走动，
病瘟就传播不开，
保住了众多族众生命。
还有许多青壮年，
或初得"山搭哈"的病人，
由于吃了西林安班玛发
　　创制的草药汤，
驱除大热，
除掉毒瘟，
治住了昏厥，
补正了胃气，
救治了部落多数人。
从此，在穆林阿林
　　有了专治"山搭哈"
　　的几种中草药方剂，
都是西林色夫给留下的。
东海住海滨的人
　　身体强壮，
但多数住穆林阿林的人，
久居寒冷潮湿的山中，
因山麓洞窟内潮湿寒凉，
东海人不论男女老少
　　好患两种地方怪症，

一是白痴呆傻或哑不能言；
一是头大、胸隆鼓、
　　双腿双臂短小，
成人像十岁童子，
走路双腿如罗环，
上山下山艰难万分，
无法打猎、网鱼、骑马，
无法成为强壮的骑手，
而且更严重的是，
东海人早年寿命短，
还是青壮年有为时，
就四肢不能用，
很早离开人世了。
西林安班玛发
看在眼里，
痛在心上。
他到山林采药，
治得慢，
而且极其难治，
病者仍日日增多。
如何解决？
西林安班玛发，
是东海女神之子，
又是有千年高寿的萨玛，
想到自己不到神界、
天界访问众神，
这个难关
是难以解决。
唯有不怕
千里万里跋涉，
遍访神医、神药，
或许能有
拯救世人的好办法。

于是，他告诉莎吉巴那
和查彦都鲁哈喇
几位萨玛，
让他们精心
　　照料好他的身体。
他要昏睡在地，
　　灵魂出游，
去遍访神界。
你们要好心
　　帮助，护理好我。
你们也不必劳累，
但要静静守护着我，
天天往我嘴里
　　滴三滴海水，
用温水轻轻的擦敷
　　我的胸膛心口，
不让猫、不让狗
　　或陌生人来碰我，
打扰我沉睡的梦乡。
三位女萨玛
深为西林安班玛发
为拯救人类
　　精诚的情感所感动，
便一一应允，
说："西林安班玛发，
你为族人
的安危不顾生死，
我们还能不
精心守护好你吗？
敬请放心。"
西林安班玛发安卧在
　　野花铺成的魂床上，
很快闭目睡了过去。

西林安班玛发魂魄，
离开了他的躯壳，
翱翔穹宇。
他先问住在
　　那丹乌西哈上的
　　德鲁顿玛发，
他是千年前
　　穆林阿林的部落首领。
因与坎达尔汗——
　　西邻强悍部落的首领，
征战中被所带的狼群杀害，
族众将他埋在阿林花坛之下。
因他生前一心为野人部操劳，
感动了阿布卡赫赫，
被德力给奥姆妈妈
　　救上天庭，
成为一位
　　光耀的星神。
西林安班玛发
　　很敬重他的为人，
谦逊地问他：
　　"千年前你在野人部时，
　　族里人中
　　是否也有难治的症状，
　　如今该
　　怎么解决好啊？"
西林安班玛发一席话，
引起慈祥的
　　德鲁顿玛发的深思。
老星神深思了一番，
然后，还很客气地
慢慢说道：
　　"仁爱之心的

西林色夫啊，

在我们早年的时候，

当时世上人烟稀少，

到处是荒凉的翠谷，

看不着人迹的绿洲。

野兽猖獗，

虎狼咆哮。

仅有的一些生民，

都赤身裸体，

有的仅仅用

树叶围拢自己的莎布辣①，

什么叫尼莫呼②，

谁能明白啊？

那时的生与死、

死与生，

毫无分辨，

似乎都是

天经地义之事。

哪像你们现在啊，

希望长生少死，

讨什么草药、土方，

护佑族众的安宁。

我们那时，

毫无这些想法。

因此，这般，

我真毫无任何办法噢，

不如，你快去

找尼莫妈妈吧!"

西林安班玛发，

看到德鲁顿老神

---

① 莎布辣：满语，阴毛。

② 尼莫呼：满语，疾病。

心有余力不足，
无力助他急救
　　地下的生灵。
便无心逗留，
辞别星神玛发，
又翱翔几日行程，
飞升到白云如海的
　　一座银子峰。
这可不能小看啊，
银子峰是当年
　　天地初开时，
阿布卡赫赫同
恶魔耶鲁里厮拼，
被耶鲁里骗入银白的雪山，
全仗众神相助，
阿布卡赫赫才逃离劫难。
这座银子峰就是当年
　　九十九座天大雪山
　　融剩下的最高峰。
它直插云霄，
无际无涯，
是世上最寒冷的白银世界。
阿布卡赫赫治服
　　耶鲁里之后，
她恼恨这块
　　陷她于危难之地的大雪山，
下横心日后一定
　　让世上温暖常驻，
永无寒潮，
廓清玉宇，
荡尽冰雪、严寒，
让世上生灵
　　再不为寒风瑟瑟，

死亡僵尸不见。

阿布卡赫赫命

　　额顿妈妈①用浑身气力

　　吹散茫茫大雪山。

可是，额顿妈妈

费了九牛二虎之力，

　　好歹才吹剩

　　这最后一座。

额顿妈妈

　　无法完成天母之命，

急得跺脚挠腮。

正愁苦无奈之际，

不知从何处蹦出了个

　　阿济格赫赫，

头扎"钻天锥②"，

身罩白云衫儿，

红红的脸蛋圆又圆，

黑黑的睫毛弯又弯，

蹲在雪堆儿上，

双手拄腮梗梗个脖儿，

凝望着额顿妈妈

　　施礼开言道：

　　"萨克达妈妈，您呀累不累，

　　愁容满面缘何故？

　　别愁，别愁，

　　听孩儿给神奶奶唱乌春。"

额顿妈妈本无心哄孩子，

可是瞧见了

　　这个白净净的小赫赫，

五六岁模样，

---

① 额顿妈妈：满族萨满古祭中著名的风神。

② 钻天锥：北方满族女孩头顶梳起的小抓髻，红头绳一扎，很是好看。

挤眉弄眼，

着实招她喜爱异常。

于是，点头忙答应，

大声地说：

"唱吧！唱吧！"

小银孩高兴地站起身，

个子忽然

长成像天上云彩一般高大，

额顿妈妈大吃一惊。

这时，雪山迸发，

沉雷震荡，

从雪山顶上

传下动听的孩子儿歌：

"唉——咿——

唉——咿——

安巴安巴阿布卡咿，

安巴安巴巴那咿耶，

孟温霍绰阿布卡咿，

孟温霍绰那咿耶。

孟温乌勒滚咿——

图门乌勒滚咿——

布勒给咿——阿户耶，

尼莫呼咿——阿户耶！"①

额顿妈妈为儿歌感动，

问道："你是什么人？"

雪山中传下来悲愤之音：

"我是伤害过天母的

尼莫吉女神②，

也就是奶奶您

要吹灭的大雪山呀！

---

① 此为满族孩子们早年喜唱的《吟雪》儿歌，家喻户晓，大意是：唉，咿，唉，咿，大大的天，大大的地，银色美妙的天，银色美妙的地，千喜，万喜，尘埃没啦！疾病没啦！

② 尼莫吉女神：满族萨满古祭中著名的雪神。尼莫吉：满语，雪。

我们是天宇的清洁工，
我们是万牲的驱瘟散。
甘融自身逐浊世，
喜看世间长寿仙。"
额顿妈妈
　　转愁为喜。
面对大雪山，
敬佩感慨。
她转变驱除
　　雪山的念头，
反而无限钟爱
　　塞北那暴雪和雪山。
尼莫吉，
安巴尼莫吉阿林，
光辉辉，
白如玉。
世世代代，
巍巍峨峨。
春夏秋冬，
亘古一容。
塞北生民，
尊称其"北冰山"。
额顿妈妈
　　将爱雪的诚意，
禀报天母。
阿布卡赫赫
　　听从了额顿妈妈之语，
便赐名尼莫吉女神
　　为尼莫吉妈妈，
终生终世，
执掌塞北冰雪。
雪大时，
将雪收入

她的鹿皮褡裢①里；
雪小时，
将褡裢里的雪
　　撒向人间。
她时时关照
　　地上的雪，
不多不少，
让万牲永远
　　不为雪多雪少而愁。
西林安班玛发
　　这次就来
　　造访尼莫吉妈妈，
请他帮助
　　医治地下族人的顽疾。
尼莫吉妈妈
　　向西林色夫
　　传授了雪屋、雪疗、
　　冰灸、冰丸、
　　冰床、雪被，
　　医治霍乱、伤寒、
　　腐烂、热症、
　　疯癫等杂症。
西林色夫
　　谢过尼莫吉妈妈，
又来到另一座
银光闪烁的宫楼。
这却是天下
　　难有的奇观。
整个楼舍
　　一色云霓架构，

---

①　褡裢："褡裢"一词即满语，已融入汉语词汇中。北方满族等诸民族旅行中常备的装载物品的皮质或布质的兜囊，共两个兜连接在一起，常常可挎在肩上或搭在马背上，为人们喜用的必备生活用品。

红云为琼楼伞盖，
绿云围成楼窗，
白云披如彩带，
黄云镶如围屏，
黑云如玉，
搭成高高的楼基。
有无数的
　　　　绵羊似的云朵，
相传都是
　　　　星神的儿女，
环绕到琼楼玉宇，
仿佛像
　　　　老妈妈膝前儿女，
享受着
　　　　无穷的天伦之乐。
这就是名传千古的
　　　　依兰乌西哈妈妈的居所。
依兰乌西哈，
阿布卡赫赫跟
　　　　恶魔耶鲁里，
争夺天宇的主宰权时，
耶鲁里凭着
　　　　他有九头、
自生自育的威力，
变化出
　　　　无穷尽的耶鲁里，
把阿布卡赫赫
　　　　纠缠得寸步难行，
甚至憋得窒息。
在阿布卡赫赫
　　　　万分危难之时，
全仗了妹妹卧勒多赫赫，
紧急派来依兰乌西哈，

带着她身边

　　上万颗小亮星

　　——依兰乌西哈的儿女们,

一起用光芒的银针

　　刺向九头恶魔耶鲁里,

使它无法睁开魔眼,

疼得耶鲁里

　　声嘶力竭地怪叫,

只好放开

　　被困的阿布卡赫赫,

逃进地下,

躲藏起来。

然而,凶恶无比的耶鲁里,

虽然双目暂时失明,

魔怪的毒气

　　却伤害了无数小星神,

就连依兰乌西哈,

也被魔气损伤,

坠落大海,

化成海中冲天的暗礁。

阿布卡赫赫

　　感激她的忠勇、顽强,

与妹妹卧勒多商议,

又从自己的披肩中,

　　摘下三块宝石,

　　交给卧勒多赫赫。

由布星神卧勒多赫赫

　　按照依兰乌西哈的模样,

重造依兰乌西哈。

新生的依兰乌西哈,

在卧勒多布星袋中

　　安睡百日。

有了光芒和神力,

有了无穷的光辉，
被卧勒多赫赫
重新撒上天庭。
从此，天域补上穹宇中
被失去的依兰乌西哈。
这位依兰乌西哈
就是此次西林色夫
拜访的显赫星神。
星神的名字，
叫董布乐妈妈。
她是卧勒多赫赫
给起的亲昵的名讳。
由她专管
世间人类的繁衍。
西林色夫
以无限敬仰之情，
来造访董布乐妈妈。
她最爱人间子女，
一定会有奇妙的巧计，
拯救地下的万物生灵。
不知不觉，
西林色夫
在风神的护卫下，
来到了护生婆
董布乐妈妈居住的地方。
董布乐妈妈
一见西林色夫来了，
笑眯眯地问道：
"西林色夫啊，
你不辞辛苦，
万里迢迢，
为何不在东海忙碌，
偏要到我

这寒凉的天庭里，
究竟是为了何故？
难道也为
孩子接生的事吗？"
西林安班玛发
忙施礼说：
"尊敬的好妈妈，
正是的。
数千年前，
您无畏地与耶鲁里搏斗，
是为了穹宇的安静，
您是宇宙间最无畏的神，
是一心惩治邪恶的神，
最慈悲，
最悠爱众生。
所以我来求助您，妈妈，
能否有最妙的办法，
为芸芸众生医治顽症呢？
您往昔在地上生存，
治理东海古老部落，
也曾养育过
无数的野人儿女，
也曾接生过
野人的无数子孙，
您是如何惦挂着
繁衍大事的？
假若接生幼儿时，
个个体态矮小，
患粗骨节腰疼病，
生存乏力，
寿命不永，
该怎么办好啊？"
董布乐妈妈听了后，

对西林色夫絮叨的问话,
觉得好不耐烦。
她总想
安静地睡一会儿,
不再愿
人间的烦恼搅扰不宁。
她背靠黄云椅,
手扶紫云桌,
半闭着双眼,
似睡非睡地
慢声慢气地说:
"唉哟,万年前的懊恼事,
你为何还来吵我不宁?"
西林色夫
施礼下拜,
苦苦哀求地说:
"妈妈呀,妈妈,
您最疼爱孩子。
我坚信您
恒久离开了孩子,
您心里还一定
牵挂着孩子。"
西林色夫深情的话,
深深地感动了
董布乐妈妈。
她若有所思,
很吃惊地说:
"唉哟,没想到
一个大玛发,
竟有慈母的心肠。
好啊,
怪不得德力给奥姆妈妈
这么信任你!

说句实在话，

多年来天上的生活，

让我习惯了安静，

除了赏云，

便是驭云、游云，

细看云涛百戏，

爱恋云舞云歌，

还哪顾得上那些繁琐事啊！

早年，天天接生孩子，

都接生不过来。

现在心绪已变，

那些诸如生儿育女，

难孕难产，

祈子求女，

一概忘却皆空。

不知道，不知道，

而你进我的白云宫，

一心朴实为了地下生灵，

可亲，

可敬啊，

可惜时光如梭，

你提出的请求，

一时真无法满足你。"

西林安班玛发

听后大为泄气，

思忖到底该如何是好？

事不宜迟，

想去请教

昊天中的

蒙温乌西哈①、

---

① 蒙温乌西哈：满语，千星。

图门乌西哈①，
访问两位
　　辛勤管理宇宙中千牲、
万牲的勤劳牧神。
董布乐妈妈很体贴、
　　心疼西林安班玛发
　　急切的心情，
　　和为世人的苦衷。
西林色夫刚要
　　返身迈出云宫，
还没有走出多远，
谁知，董布乐妈妈
　　突然喊住
　　西林安班玛发，
说道："唉呀，
　　我想起来了，
　　你为何不去
　　找德力给奥姆妈妈？
　　她可是东海
　　万能的神主啊！
　　你不是
　　她身边的侍者吗？
　　你最应该清楚，
　　为何舍近求远。
　　德力给奥姆妈妈，
　　胸怀宇宙，
　　抚育东海，
　　她必会有
　　最上乘的答案。"
董布乐妈妈
　　不愧是聪颖的女神，

---

① 图门乌西哈：满语，万星。

像一盏明灯，
打开了
　　西林安班玛发的心扉。
西林色夫
　　听了董布乐妈妈的话，
兴奋不已，
千恩万谢，
忙返身离开
　　依兰乌西哈的神楼，
直飞东海，
去拜见东海女神
　　德力给奥姆妈妈。
风神将他迅即送到了
　　德力给奥姆妈妈
　　居住的海宫，
还没等他开口，
德力给奥姆妈妈女神早已猜到，
说道："西林色夫，
　　你现已重返人间，
　　万事就要多多动脑。
　　凡事得身体力行，
　　多多去品味感受。
　　只有你自己辛苦
　　找出来的任何办法，
　　才是最合理的，
　　最有实用价值的，
　　也可能是世人最需要的。
　　为世间谋福，
　　首先就要肯于尝苦头，
　　不怕失败，
　　不怕折磨，
　　才会苦尽甜来永享福！"
德力给奥姆妈妈女神

启迪了西林色夫，
决心重返人寰。
西林安班玛发，
为了追索
　　世人患病之源，
他首先想到了
　　生存的土地。
水有源，
树有根，
世人像小树一样
　　都离不开大地。
要想摸透病源，
首先还是分解土质。
于是，他想到
　　一个非常奇妙的办法：
到地下去，
看一看
　　地下水土的究竟。
他是海神之子，
有无限的神力，
进入大地
对他来说，
易如反掌。
西林色夫
　　想来想去，
若深进地下，
究竟变个什么好呢？
蚂蚁？ 蚯蚓？
白蛇？ 蜥蜴？
他总觉
　　这些虫类体魄幼小，
所穿行的地域
　　也不会那么辽阔。

思来想去，
最终他想到了鼹鼠。
鼹鼠是地下
　　最聪慧、最灵巧、
　　最活泼、最迅捷的动物，
能食土中任何生物，
能吮土中任何水分，
它以土为母，
它以土为生，
它和大地的土，
　　千万年生生不离。
而且，最有搬援土地的能耐，
是地下的貉、獾无法比肩的。
西林色夫打定了主意，
回到莎吉巴那、穆林阿林东海后，
便告别了部落的族人，
并嘱咐身边的
　　查彦安班妈妈等
　　三位女萨玛，说：
　　"我为了探知
　　东海寒苦的土地，
　　使人类永远
　　不至于被土地所害，
　　永远成为这片土地的主人。
　　我要到地下巡游一番。
　　你们要为我严守秘密，
　　不必为我安危担心。
　　只要我在地上沉睡时，
　　你们每天往我口中，
　　滴三滴取自
　　生育过我的东海活水，
　　我就会青春常在，
　　睡眠香甜而安静。

再用生长在海边

'勃勒格①'阔叶，

遮盖我的脸庞，

用海石围护我的身躯，

日日用深海

'尼玛哈②'油脂，

擦敷我易干燥的皮肤，

我便会永生不死。

我只要办完了

应办的事后，

会很快平安回来。

我走后，你们要

热心护爱族众，

不可欺压

弱小的族人，

互相敬慕团结，

你们就会

立于不败之地。

咱们很快会见面，

望你们好自为之。"

三位女萨玛，

焚香，击鼓，祈祷，

遵照西林安班玛发的话语，

小心办理，

一直送别了西林玛发。

西林玛发长眠在海石铺床、

　"勃勒格"搭篷的海滨小屋，

由萨玛日夜守护。

西林安班玛发

在专设神屋中

---

① 勃勒格：相传为女真古语，温暖的东海海滨特有的植物，属高大乔木，宽大厚叶，叶中保存充足水分，东海人常用此叶储水。

② 尼玛哈：满语，鱼。

安详地睡着。
他的魂魄
　　离开了莎吉巴那。
他情愿化作一只鼹鼠，
长得不大，
黑绒绒的毛，
半尺多长，
尖尖的小鼻子，
前腿粗壮，
最擅长爬土打洞，
钻到地底深处，
去探究地下
　　各层土质的情况，
探知地下各方信息，
预测地下潮湿寒度。
西林色夫
　　化成的小鼹鼠，
无冬无夏，
在地下勤恳忙碌，
不论岩石坚固，
不论土层密厚，
凭着灵活的身躯，
在地下往来如梭，
从大海下面的地层，
一直钻探到
　　远离海滨的
　　穆林阿林地下，
　　所有山谷洼地。
西林安班玛发，
放弃了千年的神威，
甘成地下的小鼹鼠，
对东海了如指掌。
从此，他知道

东海一带山林多，

高山峻岭，

山洞甚多，

四季阴森，

寒冷潮湿。

只是海滨地带，

气候宜人，

夏季凉爽，

冬季温暖，

最适宜人们

安居乐业。

西林安班玛发的魂魄，

洞察清楚东海的地下之后，

一个星斗满天的夜晚，

他返回地上。

此刻，小屋中

查彦安班妈妈

等三个女萨玛

仍守护在他身边，

引来了多少

思念的族人，

也在身边

伫立着，

凝望着，

感动着，

这位献身于

东海的神人。

大家非常怕

他永不醒来，

匍匐跪地，

频频祈祷，

愿善良的阿布卡赫赫

一定稳妥地

保护他的身躯，
不能在地下
　　有半点闪失，
早去早归，
别再让我们不想饮水，
不想吃肉干，
拼死拼活地
等待着他的归来。
正在大家盼念中，
西林安班玛发
　　缓缓地睁开了眼睛。
他坐了起来，
笑得那么甜蜜。
他从大地之下
　　回到了莎吉巴那的
　　族众之中，
将他所获得的
　　信息传告族众。
从此，西林安班玛发
　　率领莎吉巴那各族族众，
除了这片原居住址外，
开始期盼奔赴
　　新的生活居址，
开拓新的欢乐家园。
他们在三个萨玛
　　额真统领组织下，
陆续迁到了东海滨，
在新的东海沿岸、
丛林、山谷、
崖边、岛屿、
海口等，
披星戴月，
搭盖房舍，

营造火炕，
再不畏惧
　　地潮、地湿、天寒，
生活从此快乐舒心。
西林色夫率领
　　身边的三个萨玛，
利用得天独厚
浩淼的大海，
肥沃的渔乡，
开始编筏、凿船，
往昔，只会追赶
　　林中猛兽的族人，
如今又成了
　　"莫德里尼雅玛^①"，
学会戏海、娱海、
潜海、游海，
百百千千
　　"莫德里巴图鲁^②"，
扬帆远航，
捕鱼谋生。
莎吉巴那、
查彦都鲁哈喇人们，
不仅海鱼
　　堆满了仓廪，
不仅鱼油
　　装满了巨池，
身上的鱼皮衣、
　　鱼皮帐篷，
年年用不完，
还帮助了附近

---

① 莫德里尼雅玛：满语，海中人。
② 莫德里巴图鲁：满语，海上英雄。

弱小的部落，
鱼干的芳香味，
百里内都能闻到。

第七章 | 西林色夫，
帮助创造了弓箭

喲侬罗罗，
喲侬罗——
莎吉巴那的日子
　　开始蒸蒸日上。
人们正为美妙的生活
　　载歌载舞时，
突然，莎吉巴那阿林，
冲下来数百名
　　赶着黑熊的人。
这些黑熊，
都是七八百斤、
五六百斤重。
它们经人驯养，
凶猛异常。
因为熊俗称大力士，
从山冈冲下，
熊掌拔折山上的松干，
满山抛撒，
尘土四扬，
黑熊遇到了人，
也把人抱起来
　　抛向野谷，
黑熊把一座座"塔旦包①"，

---

① 塔旦包：满族先民们早年临时搭建的帐篷。

连根拔起，
也扔向山下，
塔旦包里的孩子、女人，
也一同抛到山下，
尸首遍地啊，
血流成河啊，
这是天降大祸。
查彦哈喇部落的人们，
还没有警惕，
损伤惨重。
西林安班玛发
　　凭着他的神力，
唤来了天上的鹰神，
召来了地上的虎豹，
请来了东海的额顿妈妈，
这才困住了黑熊，
鹰神啄瞎了熊眼，
虎豹撕断了熊腿。
可是，莎吉巴那的损失
　　已经无法弥补。
众人觉得奇怪的是，
　　无冤无仇，
黑熊为何冲下山来？
为何如此凶猛？
如此残忍？
必有仇家暗中唆使。
族人们当时
只有防御用的
削尖的木棒，
磨出棱角的石斧，
削出刀刃的石匕，
磨成圆形的石弹，
还有用皮条包裹的飞石，

并没有其他锐利的兵刃。
黑熊袭来时，
因人的臂力有限，
石斧砍不远，
石匕抛不远，
石弹甩不远，
不能抗御强敌，
只能束手待毙。
一个个痛心的教训，
族人们猛醒：
要有安适的生活，
更要有坚强的防备，
抵御不了强敌，
只能像早年一样
　　　任人宰割。
仇家的"阿哈"
　　"苦力""女奴"……
将新换来的生活美景，
一霎时付诸东流，
处处是哭声、
吼声、哀嚎声。
西林安班玛发
　　率领查彦安班妈妈等众萨玛，
抚慰老少亲人，说：
　　"族人们啊，
　　这场灾难不怨乡亲，
　　是怨我缺少筹谋，
　　只求生活富裕、
　　平安、快乐，
　　没有想到
　　太阳总有落山时，
　　生活总有忧伤日，
　　没有更早地训练族众

磨砺兵刃，
严防虎狼的侵犯。"
族人们
向西林色夫建议：
"尊敬的老玛发啊，
请您不必忧伤，
这些灾难
　　　和我们人人有关，
您已经为我们部落
费尽了全部心血。
为我们情愿甘当鼹鼠，
到阴寒的地下，
为我们寻找生命之路。
您到莎吉巴那部落
　　　时间不长，
您已经使我们的生活
　　　进入天堂。
查彦都鲁阿林，
　　　山南山北，
已有众多部落，
　　　都归附在咱们
　　　莎吉巴那图喇柱下。
您让我们尽享了
　　　东海的富庶；
您让我们美享了
　　　东海的鱼餐。
我们的生活
　　　日新月异。
纵有黑熊的攻击，
咱们冷静地思考，
是谁驯熊害人？
嫉妒莎吉巴那的富饶。"
查彦安班妈妈

和查彦吉妈妈、
查彦依兰妈妈商量说：
　　"族众深深思念着
　　　故乡莎吉巴那，
那里的山和水已居住习惯。
现在的东海山和水虽然好，
但终究比不上故土。
　　山中富有巨树，
可制作各种
　　　防敌的兵器来。
我们坚信，
驯熊的仇家，
不会在东海滨，
我们在这里
　　　时间不长，
还没有遇见
　　　比我们更强盛的望族。
仅是一些
　　　海滨小部落，
都已经归附了
查彦哈喇部，
不会反目我们的。
要雪仇家之恨，
要找到黑熊的主人，
应该按照熊群的脚印，
回莎吉巴那去！"
依兰吉妈妈说：
"两位额真的话
　　　极有道理，
咱们速回莎吉巴那，
那里也需要我们
　　　去治理平抚。"
三位萨满额真的话，

说到了族众的心坎，
齐声说：
　　"我们是山川中的
　　　　儿子们啊，
我们想念山林，
我们思念河川，
我们离不开祖先
　　　　给我们留下的
　　　　莎吉巴那的土地。
萨满的话说得对，
西林安班玛发，
我们无限地
　　　　崇拜敬仰您。
您就拿出
　　　　您的神威吧，
咱们同到
　　　　莎吉巴那，
既寻找仇人，
征服强霸，
再训练族人，
研磨利器，
让查彦都鲁哈喇
成为东海
　　　　永远不败的部落。
坚信我们有
　　　　制服猛兽的能力，
让我们重新
　　　　成为山林的主人。"
族众的祈求
　　　　鼓舞了西林色夫，
满足了族众的期望，
西林色夫和
　　　　主祭萨满额真，

率部去莎吉巴那地方。
这里有依兰吉妈妈额真,
带领留下的
　　　一半族众,
坚守东海滨
　　　这片新开垦的沃土。
两部人马
　　　在黎明时,
互相拥抱、叩拜、
难舍难离地相别,
互祝吉祥平安。
单说,西林安班玛发
　　　带着查彦吉妈妈等众人,
来到莎吉巴那。
日夜传授
　　　族众掌握
　　　制服猛兽的猎法。
多少年来,
远古的先人们,
只知俘获
　　　鸟、蛙、蛇、
　　　獾、狐等小兽,
然而,不敢
　　　猎捕虎、豹,
就连遇上野猪、
　　　狼、狈等,
都要仓皇躲避。
人们使用的猎器,
只有骨针和石块,
遇到强敌部落,
更是俯首被擒。
是西林色夫,
帮助族人

学会巧制甩石球、
　陷阱、兽套等技艺，
　从此，敢于与野猪、
　熊、獾搏斗。
西林安班玛发，
总感到仅有这些兵刃，
　还无法擒获猛兽。
冥想中，他在林中
　突然发现，
一只只飞豹
　在树巅之上，
踏着枝干
　从这棵树
　跃上另棵树，
追赶山鸡、山狸、
　飞鼠、飞鸟，
飞豹的腾跃
　多么灵巧，
真像两肋生翅。
这些，都深深地
启发了西林色夫。
飞豹所以能腾飞，
转瞬之间便可
　捕俘腾飞的小兽，
就是因为利用
　树干坚硬的弹力，
与飞豹的腾跃
　两力相合，
使它产生了
　无穷的飞升速度。
这些为什么不能
　学用到人类手中？
利用弹力，

为生存效劳。
聪慧的西林安班玛发，
他领着查彦都鲁妈妈，
从山里砍来

　　各种湿木的树干，
用猛火煨烤生弯，
又取来野猪、

　　马鹿、黑熊的皮革，
刮掉皮上的毛，
在盐水中浸泡、槌软，
然后切成

　　无数条长长细丝，
又将细丝互相编织

　　成为粗壮的皮绳，
又用这些皮绳，
将已经煨烤的

　　弯木干勒成弓形，
用磨尖的石块，
插在选好的细枝上，
将它放在那把

　　有皮绳的弓弦上，
猛力后拉，
然后突然放手，
真没想到

　　这个小小的细枝，
"嗡"的一声，
从弯弓上飞出，
竟扎在三十步远的

　　粗树桩上。
族人欢呼雀跃地跑去，
取那个细枝，
一连费了很大的劲儿，
才把已经扎得很深的

树枝薅下来。
从此，莎吉巴那真正
有了"玻离"
　　　和"尼鲁"①。
不但如此，
西林色夫
　　　又帮助族众，
把弓做得
　　　倍加粗壮美观，
把箭头磨制得
　　　更加锋利，
而且，到山中
　　　采来乌头②、
　　　毒蛇的胆、
　　　蟾蜍的背液，
泡喂箭头，
　　　发明了毒箭。
猛兽人畜，
中箭立毙。
从此，查彦巴那
惩治了黑熊主人。
查彦巴那
　　　神威无敌，
俘获猛兽积如山，
分给四邻部落，
成为各氏族
　　　重要食物之源。
族众学会了
　　　狩猎奇能，
会使刀、枪、棒法，

第七章　西林色夫，帮助创造了弓箭

---

① 玻离：满语，弓。尼鲁：满语，箭。
② 乌头：草本植物，生长在山地和丘陵地带，其根部呈茎状体，有大毒。

围捕熊、虎、
豹、鹿、野猪，
不但食物丰盈，
而且有了比鱼皮
　　更保暖的皮革，
更凶狂的暴风雪
　　也无所畏惧。
西林安班玛发还创造了
　　按摩术、
　　针灸术、
　　燔烤术、
　　酿酒术，
使东海人体态大变，
四肢短矮的大骨节症
告别了东海。
东海人世代自豪地说：
　　"我是东海人！"

第八章 | 西林色夫为族众，找到广袤的"苦鸟"

在苍茫的大海尽头，
在飘摇的白色海浪的浪尖上，
在群群海鸟的簇拥之下，
一根根粗大的圆木
　　被凿成舒适的方舟，
方舟很深很深，
且可宽阔容人。
每座方舟里能容纳下
　　四五个"尼雅玛①"，
相互抱着搂着，
还要用手和桨
　　划水不能停。
特呜呜嗯——
特呜呜嗯——
海神啊，
难道不愿意我们
　　这群地上的
　　哈哈和赫赫，
去寻找生存的安乐？
为何如此
　　苦苦地折腾得我们，
一个个
　　上吐下泻噢？

---

① 尼雅玛：满语，人。

227

海上一片人声鼎沸，
惊心动魄，
激浪忽把漂舟
　　扔起三尺高，
忽让漂舟钻下海心
　　像蚂蚁进了洞，
平生的"巴那胡突①"，
如今当上了
　　"木克尼叶赫②"，
真真是两眼
　　直劲儿晕眩，
任凭海浪毁弄
　　人的身躯，
人在海中
　　手足无措，
划水的大桨
　　咋就不听使唤噢！
海神儿子西林色夫，
有着神的慧眼，
能看透每个人的心理。
一边耐心传授
　　划桨技艺，
一边热心鼓励
　　气馁的人们：
　　"淑勒赫赫西哟③，
珊延哈哈西哟④，
划桨诀窍要记牢噢：
一要脚蹬紧，
二要全力划，

---

① 巴那胡突：满语，地鬼。北方对久居在内地的人们的俗称。
② 木克尼叶赫：满语，水鸭子。
③ 淑勒赫赫西：满语，聪慧的女人们。
④ 珊延哈哈西：满语，壮健的男人们。

三要胆儿壮，
四要心儿齐。
嘿依嘿，
哟——哟——
甩开膀子，
嘿依嘿，
哟——哟——

嘿依嘿，
哟——哟——
眼盯前方，
嘿依嘿，
哟——哟——
号子震天，
嘿依嘿，
哟——哟——
海神让路，
嘿依嘿，
哟——哟——

嘿依嘿哟哟
嘿依嘿哟哟
淑勒赫赫西呦，
珊延哈哈西呦，
气壮魔鬼抖，
海浪吓懦夫。
万难不可惧，
毅力创世宝。
事事皆学问，
只怕心不齐。
抛弃苦难窝，
拼闯新天地。
嘿呀呀，

嘿呀呀,

嘿嘿呀呀——嘿!"

西林色夫自被

　　迎入莎吉巴那

　　部落以来,

为族众

　　赤诚所感动,

誓要为查彦部人

　　呕心出力。

因此,他牵挂族事,

不思饭食,

彻夜不寐。

思虑部落子孙稀薄,

人丁不旺。

可叹秀丽的

　　牛满乌拉,

虽是天母

　　系腰的彩巾,

却永被

　　两大仇家部落窃霸。

多少像莎吉巴那的人

　　只能垂涎欲滴,

慑威不敢染指入猎。

莎吉巴那

　　东受雄部欺凌,

　　西受仇家掠劫,

现如今——

仅有猎场

——秃山无兽,

仅有渔场

——小溪无鱼。

窖里土罐空空,

火塘陶锅破裂。

子啼母哭,
伤情恸心!
安可傻守弹丸之地?
安可伴随虎狼同栖?
西林色夫睿智多谋,
山外有山,
天外有天,
乌鸦不能
　　常栖一棵树,
猛虎咋能
　　常蹲一座坡?
西林色夫无限愁肠,
感动了天庭。
东海女神德力给奥姆妈妈
　　梦示神勇的西林色夫:
"速速命风神带路,
吹拂东海八方四隅,
要仔细遍寻广袤沃野,
普天之下,
率土之滨,
难道找不到
　　莎吉巴那的居址?
莎吉巴那
　　必获自己世居之处。
我即准允了
　　虎狼猖啸东海,
也准让尼雅玛
　　在东海生衍逍遥!"
西林色夫
　　谨遵神谕,
夜色中化作
　　一缕清风,
吹向四野,

飞翔在千山万水，
寻觅适宜于
　　莎吉巴那部落
　　安生之所。
他在天宇间
　　徘徊许久，
也没找见
　　可心沃野。
于是，急中生智，
便去求熟悉
　　山野的众牲帮助。
西林色夫先去
　　造访巨蟒神，
巨蟒神
　　谦恭地说：
"我终日盘卧
青山顶上，
鼠目寸光啊。"
西林色夫
　　再访河鱼神，
河鱼神
　　无奈地说：
"我奉命
驻守牛满江，
孤陋寡闻噢。"
西林色夫
　　诚请黑熊神，
黑熊神
　　哈哈大笑说：
"太巧喽，
我刚从齐集湖回来，
那里世外桃源，
百鸟鸣喧。

鸟神姊妹
周游各地，
必会听得
　　最多佳音，
快快去
　　问它们吧!"
于是，风神
将西林色夫
　　送到风光宜人的
　　齐集湖。
群鸟见风神
　　驮使者来访，
一齐都围拢
　　过来问候。
西林色夫
　　表述衷情，
询问湖上鸟群，
鸬鹚、天鹅、
老鹤最慈祥，
相互争抢着说道：
"齐集湖
东方海沟外
　　就有亘古闻名的
　　海中福地。
那里有闻名的
　　大靴子岛，
层林葱翠，
碧海无涯，
百花竞艳，
百兽天堂。
在世世代代
　　'乌勒本窝车库'传咏中，
有个动听的故事。

相传，开天辟地时，
阿布卡赫赫
为驱逐恶魔耶鲁里，
一连几天几夜，
双方争杀犹酣。
天母竟不慎
　　将自己一只
　　战靴丢落东海中。
从此，天母战靴化成了
今日的海中长岛。
因为这座长岛是
天母神靴幻化而成，
岛形至今酷似
　　一只长长的女靴子，
深砌在大海中。
北为长宽的靴靿，
南为尖细的
　　靴底和靴跟，
伸展陈放，
栩栩如生，
令人浮想联翩，
美丽富庶甲天下！
我们鸟族啊，
喜爱大靴岛，
三天三夜
　　都飞不出
　　它的疆界。"
西林色夫
当夜探明消息，
回来与族众商议：
　　"俗话说，
百鸟择林居，
百兽恋名山。

阿布卡赫赫
赐予莎吉巴那福地，
只有不怕艰辛的人
才能求得。"
西林色夫的话
　　比金子还贵，
查彦部的人
　　坚信不疑，
一呼百应，
迅即成行。
由西林安班大玛发
　　率领引路，
跋山涉水，
过东嘎山，
抵达齐集湖、
东海滨，
远涉重洋，
大海那边的陆地，
就是梦寐以求的
　　海东宝地。
踏遍波涛汹涌的
　　大海沟，
千辛万苦，
共同去寻找
　　广阔天地。
乍始，好奇的人们，
谁还不愿意
　　看看外界世面呐，
都欢欣雀跃，
鼓掌呼应。
最艰难莫过伐树，
千根巨树
　　个个几搂粗细，

全靠先磨亮巨石，
再笼火堆，绑石斧、
　　石刀、石槌，
在火上烧红，
锯、磨、凿、刻、
削、刮巨舟……
从白雪藤深
　　忙到叶落归根，
又从绿草发芽
　　忙到大雁南飞①，
终究将巨大方舟
　　排列海滨。
西林色夫
　　带三位萨玛祭海鸣螺，
莎吉巴那全部老少
　　背儿抱女，
东征渡海，
已经在海中划行
　　三个"顺奶奶②"
　　升天时候了。
海中白鸥飞翔，
太阳被海雾弥漫，
雾气腾腾，
白光闪亮，
在深海中由于
　　大雾的遮挡，
辨不出南北东西，
大地究竟
　　在什么地方？
何时方可

---

①　这是古代寓物计时法。上述两句表示为了做渡海的方舟一连已经忙碌了两个冬春，即两个年头。

②　顺奶奶：满语，对太阳的尊称。古代寓物法，本句喻指在海上已经度过三天时光。

不受浪潮的熬煎？
快速送我们
　　　抵达彼岸吧！
西林色夫
　　　刚强地说：
"你们不是盼望我
　　　从海中回到
　　　你们中间，
认为有了主心骨，
有了自己的萨玛，
就有了生命的源泉，
有了排除万难的希望，
为什么在这
遇上小小的危难，
就六神无主了呢？
说明你们心里头
　　　并没有万事皆会
　　　吉祥的萨玛！
来，跟我一起
　　　向阿布卡赫赫祈求吧！
声音要大，
话语一致，
天上的喜鹊会把
　　　拳头一样的声音
　　　送上天庭！"
方舟中的族众，
急切向天喊叫
——共述心愿：
"仁慈的阿布卡赫赫啊，
快快给我们
　　　勇气和力量吧，
快快让我们的
　　　目光能远射千里吧，

让我们能
　　看穿迷雾，
让我们能
　　避过险滩暗礁，
让我们能
　　越过惊险的海中浪涡，
让我们平安顺利地
　　到达彼岸！"
尽管方舟中的
　　族人在祈祷呼唤，
只见西林色夫大玛发
　　依然稳坐舟中，
泰然自若，
笑容可掬，
丝毫看不出
　　恐惧之情。
尽管怒浪中
窜出三条
　　张着血盆大口的
　　利齿巨鲨，
想探头要吞噬
　　方舟中的人众，
压得方舟倾斜，
险些扣进海中。
人人慌恐，惊吼，
眼看着大难降临，
各条方舟
　　不少族人们，
紧闭双眼，
屏住呼吸，
认为定是
巨鲨腹中之物，
必死无疑了！

就在这千钧一发之际，
就在这昏昏沉沉眩晕之中，
西林色夫大玛发率领身边
　　　三位跪在舟中的女大萨玛，
　　　虔诚祈祷：
"宏阔四宇的
　　　阿布卡赫赫啊，
统辖海域的
　　　德里给奥姆妈妈啊，
赐予你们的神威吧，
召示你们的神牌吧，
让你肩上的
　　　千岁海东青
速速护佑，
让你脚下的
　　　万条卫海鲸鲨
　　　速速回避，
让你身边的
　　　九色彩云
　　　速速化成'安班色珍①'，
让你怀中的
　　　'天风袋'速速
　　　送来万马的挽力，
把大海中莎吉巴那
　　　这群旱地儿女们，
快快送出令他们
　　　头晕目眩的恐惧大海，
尽早寻得
　　　海中的土地，
去重建乐土。
安安全全，

---

① 安班色珍：满语，大轿车。

欢欢喜喜，
吉祥如意，
幸福美满，
早早安卧在神灵
　　缔造的'塔坦包①'中。
'塔坦包'，
　　'塔坦包'，
是天母赐予的
'莎延包②'
——魔怪不敢侵犯
　　的'莎延包'！"
在西林色夫和
　　萨玛们的祈祷中，
谁想到——方舟
　　竟变成了"塔坦包"，
不知何时人们
　　已经安然地
　　站到了海滩上。
一天跑马走不到边
　　的大海洋，
不知不觉怎么
　　已经远离开了大海，
满目却是
　　陌生的土地，
一望无际的海外绿洲。
这是一个一眼
　　望不到边的
　　美丽海岛。
岛上群山耸立，
山巅插在

① 塔坦包：满语，野外用柳枝搭起的帐篷。
② 莎延包：满语，好的帐篷，象征吉祥如意的居舍。

白云之间。

数十只雄鹰
　　尖厉地鸣叫，
在山腰不停地盘旋，
金色的巨爪
　　在阳光下熠熠生辉。
在阵阵鸣唳声中
　　雄鹰大翅膀
　　扇开了浓云百丈，
一道金光，
　　俯冲直下，
豁开绿草深沟，
烟尘飞扬，
枝干断裂，
似乎要喝退
　　陌生的人类。
休想蛮闯我们
　　寂静的家园？
只见，陌生的大地，
别有一派胜景：
嫩野芬芳，
鸟语花香，
远山，老树，
苍松，古藤，
黄花，芍药，
百合，野菊，
人参摇展着
　　殷红的籽粒，
五味子烧红了
岛上半边天，
黄瓜香弥漫了
　　满岛扑鼻的香气，
猴头蘑仿佛蹲在

万木丛中向人迎笑。
莎吉巴那的人们哪，
让这新开发的土地迷醉，
你好啊，热土！
久违了，热土！
从此无人迹的热土，
开始有了人气，
　　人烟，人居，人迹，
跟这里的万牲结邻里，
和这里的草木相悲喜，
绿草如毯，
像妈妈的怀，
　　"莎里甘居①"的脸。
人们欢呼，跳跃，
载歌载舞，
在这片沁人心脾的
　　　绿草坪上，
大家疯哪，
　　　滚哪，
　　　亲哪，
亲也亲不够！
忽然，远山传来阵阵的
　　　野豹子咆哮声，
随着山风送来
　　　阵阵腥膻臭味，
群兽们不满外人
　　　闯入它们的寸土，
虎群，豹群，
熊群，狼群，
　　　狐群……
像遍野征杀的猛士，

---

① 莎里甘居：满语，姑娘。

向西林色夫的众人
　　发起淫威，
西林色夫把手中
　　木杖摇出火花，
箆起烈焰巨火，
火星四迸，
才惊退了
　　惧火的群兽。
众人在惊骇中
　　望着周围的山谷，
隆起的丘陵，
震耳欲聋的瀑布，
九抱粗的参天古木，
山谷下飞驰直下的
　　无名大河，
还有像白色兔皮
　　盖满大地，
无数大大小小的湖泊，
更令人惊愕的是
　　山中陡现：
麋鹿百只，
香獐成群，
松枝上松鼠穿越。
群兽遁后又现奇景：
远处成群的野猪
　　在长满巨齿獠牙
　　千斤公猪统领之下，
　　像十里长蛇阵，
在茁壮榛棵
和柞树林中穿行，
像万马千军，
浩浩荡荡的
　　从身边经过，

幼猪聚中央，
喂乳的母猪
　　跟一圈儿，
中年的公猪、
母猪护守在外围，
长獠牙的公猪
　　　充任前锋和后卫，
堪称谓铁壁铜墙
　　野猪阵。
长嘴钢鬃，
獠牙如刃，
粗犷哼叫，
齐声呼唱。
跺蹄甩尾，
震慑八方。
仰脖张口喷白沫，
百兽皮染溃成疮。
育子快，
命顽强，
漠北牲族猪当首。
有数百头的猪群
　　嚎声排山倒海，
吓得树上的
　　　百鸟敛声，
　　　百鼠匿地，
　　群狐闻风远遁，
　　狼獾慑尾
　　　龟缩于草莽。
俗成"猪倌"的
　　虎豹家族，
率领老幼子女，
　　栖林卧谷，
久盼数日，

终现食源。
然而，大失所望，
虎豹纵然
  腹中空虚，
  肚饿空瘪，
众幼仔悲啼要食，
在撼天动地的
  猪群声威之下，
也只能退避三舍，
哪敢轻撼猪阵一步？
任凭猪群
  扬长而去，
逃之夭夭。
可叹虎群、
  豹群垂涎仁望，
只是在饿赢中，
哀嚎声声，
仰天长啸……
虎豹家族只好
  狂争散队的
  三两头病猪，
弱败强食，
撕咬惨杀，
断尾丢足，
血沃荒郊。
族众方从短暂的
  欢乐中醒悟：
富饶美丽的山川，
时刻隐匿着
  致命的威胁，
立足一方水土，
必有百倍
  勇气和智谋，

开疆与献身同在，
必要肯于
　　　牺牲与拼搏。
西林色夫
　　嘱咐族众：
　　"神灵送来的大地，
要靠众手筑就。
孩子们啊，
我们要像
　　　山风吹来的籽种，
必须落地扎根，
靠天上阳光、雨露，
靠地下肥水、沃壤，
快呀快苗壮生芽，
破土出苗，
长成小树、高树，
名副其实是
　　　这片大地的主人。
根生根，树生树，
丛连丛，林连林，
谁也撵不走，
谁也欺不了！
成为遮天蔽日的
　　　东海大窝稽。
常青树，长命树，
百世其昌！"
新登陆的这片土地，
亘古以来是无名荒原，
自从西林色夫大玛发
　　　率人问津这里，
算真正有了人迹，
西林色夫大玛发
教授族人就用野猪

豁开的土地，
稍加平整，
用火焚烧，
用石墩木棒夯实，
又从山谷找来
　　白粉石压成粉末，
扬在地表上，
再以水浇之，
地室坚固如石板，
墙壁四周
　　凿出无数洞窟，
设仓房、粮仓、
育兔鼠、鹌鹑、
　　禽鸟等笼舍。
除此，还专辟
　　屋室为幼婴间，
中间硬地上
　　再挖火塘，
供生火做饭之用。
一切安排妥善，
在一人深的
　　穴室四周，
再采石垒墙，
外围以土堤，
使石墙坚固避风。
一切就绪后，
再伐来柞桦榆柳
　　椴槐藤柏，
纵横地室之上为棚，
上面覆以干草枝叶，
高崇如小山，
为避风吹毁，
压以木石，

每个穴室门
　　在顶上部，
架梯内外通行，
凡家族血亲人口
　　多者则穴室尤大，
故大室顶上门亦多，
俗有北室
　　"大家至接九梯"之说。
古地室，
为取暖避风，
为防外族袭扰，
常常是几家、
十几家、数十家、
甚百余家
　　聚集一起。
为此，
部落地室
　　自古多优选
林密茂盛的
　　丘陵山地，
树木林密，
可避风雪，
可防水患，
冬秋落叶厚如绒毡，
便在这空气
　　清幽的林莽中，
一排排、一行行、
一座座地室相连，
左右相助，
南北呼应，
成为北方古代
的原始土堡，
再加上高树上

专设有瞭望哨，
瞭望人发现疑情，
便随时击以石钟、
　　鸣号角示警。
从此，莎吉巴那
在原来的土地上，
在自己部落外
又有新开垦的土地，
建起连绵地室。
莎吉巴那人
开始成为
这里的新主人。
在这片土地上，
不要认为没有
　　当地土人存在。
西林安班大玛发
　　率领族众，
在荒林山沟地方，
　　突然发现一个野猪群。
野猪，是山野人
　　衣食之源，
众人提着大棒、
抱起石头，
像窝蜜蜂，冲向猪群，
齐心协力，拼命围赶，
怕被轻易地逃脱掉。
不会做强弩猎具的人们，
人人都被饥饿所迫，
一旦见到猎物，
必不让自己空手无获。
何况，是肥胖的大野猪呢！
氏族向以猪肉为餐，
以猪毛编衣衫，

以猪骨磨纺锤、古勺、
　　古针、古饰，
以公野猪牙穿孔
　　做卜器、匕首。
在最大的千斤公野猪牙上，
雕刻各种精美图案，
用野花汁液调制涂料，
染成九彩纹饰，
做成一件件、
象征英雄和首领
　　的传世挂饰。
西林色夫和族人们
　　　在海岛北上追讨猪群，
几只花豹正从
　　树干上穿来穿去，
吼叫声震耳欲聋。
树干高耸入天，
花豹远望
　　像巨鸟腾跃翱翔。
花豹缘何在树边迅跑，
必有何物在擒拿它。
西林色夫和族人们
　　被这场奇怪的
　　捕斗惊呆了，
都齐向树巅看个仔细。
这时，才发现，
原来在最高的
　　树丛枝丫中间，
恍恍惚惚探出
　　一个人的小脑瓜，
顺着树叶缝隙
　　仔细望去，
在飞豹的周围，

竟隐藏着数十个
　　　陌生的小脑瓜，
眼睛都那么明亮，
互相呀呀鸣叫，
传着密语。
人们不解其意。
这些神秘的林中小人，
全身并没有穿戴衣衫，
长着黑红色的棕毛，
只是下阴部似乎
　　　围着薄皮和叶裙，
个个身轻如猿，
娇小灵秀。

说时迟，那时快，
只见众小人飞纵豹身，
豹纵然想逃早已来不及，
豹子身上的小人，
像贴在豹子身上，
突将豹子肋下心窝刺穿，
豹长啸一声坠地而亡。
小人们飞快地聚集一团，
趴到血淋淋的豹子躯体上，
头碰头，肩碰肩，
吱吱呀呀，
呀呀吱吱，
唱着叫着，
吮血啊，
剥皮啊，
吞肝肚，
嚼嫩肉，
急速得真像喘气功夫，
少顷只余皮骨一簇，
速度之快令人惊诧不已。

就这样小人们
　　啖尽了豹子五只，
血皮全披在身上，
招引来众小人围观嬉戏。
突然，他们发觉
　　有生人偷窥，
一个长毛首领，
尖吼着，
猛烈地撼摇大树，
发出瑟瑟咔咔暗语。
小人们齐要丢掉
豹皮远遁，
哪知早被
　　西林安班大玛发
　　用一根桦木筒，
吹喷出雾状
　　"乌头摄魂药"，
一个个昏睡受缚。
西林安班大玛发
　　命族人把小人们
　　背回地室，
用甘草水解药温中，
用五味水调理心智，
用熟食燔烤敬宾客，
用米儿酒饱餍土民。
众小人从未住过地屋，
从未饱餐燔烤，
从未饮享米酒。
莎吉巴那人心慈善，
土人们由恐怖渐转亲密，
虽话语不解，
却情深谊长，
迅即成为兄弟，

难舍难分。

大岛长如靴形，

　　　土民不多，

帮助土民筑室，

　　　传教熟食，

同入莎吉巴那部落，

从此岛中除有

　　　查彦哈喇外，

又有岛上小人的

　　　阿其哈喇部，

后来又有

　　　温卡尔哈喇、

　　　董克勒哈喇，

不过人丁都

　　　不过数十人。

一年春到秋，

连天暴雨，

遍地汪洋，

地室成池塘，

人死如漂叶，

臭气冲天。

西林色夫发现灾难，

唯有莎吉巴那部、

　　　查彦哈喇最重，

而土生土长的

　　　当地阿其哈喇部

　　　和温卡尔哈喇人死甚少，

甚觉奇异，

难道说阿布卡赫赫

　　　罪责莎吉巴那部查彦部？

西林安班大玛发

　　　率萨玛在海边

　　　设神坛祈神，

白鲸皮神鼓声中
　　德力给奥姆妈妈
　　降临唱道：
"莎吉巴那萨玛
　　衣尼雅顿吉哈，
　　霍屯扎发莫，
　　猛温色莫德离
　　安巴爱呼莫阿里哈！①"
西林色夫
　　在神案前献上
　　千岁大海龟，
血取龟板灸卜，
火中裂生团纹：
兆象显示——
　　"贵人内求"。
西林色夫析卜：
　　"内求者——小毛人。"
迅请阿其哈喇
　　部众头领，
求问驱灾之策，
众头领齐言岛内
河流纵横，
常生水患。
野民灾时采食
　　"苦乌毛②"
皮熬水可祛湿瘟，
果见良效，
全岛邪秽迅除。
岛上各部族人口
　　逐渐发展起来。

---

①　神词满文的大意是："莎吉巴那部落的人们啊，快快献上千岁的大海龟吧！"

②　苦乌毛：相传当地盛产的一种乔木，叫"苦乌"树。木质坚硬，可做房材车辆用，其皮黑质有斑痕，熬皮可为药，备受土民喜爱，多冬季取内皮存藏制药，除毒秽，驱瘟疫甚效。

时光如梭，
不久，岛上部落
渐渐扩展到了
　　全岛南北，
　　岭前岭后，
沿岛四周，
特别是岛南
　　平畴沃野，
地室密集相连，
布特哈猎业兴旺，
大靴子岛上，
　　大马鹿数十或成百为群，
在林海狂奔
　　宛若流泻的黄河，
　　壮阔美观。
倍使人称奇者，
南来大雁
　　春秋应季往返，
岛上江湾沼苇肥硕鱼虾，
招引它们鸣唱着，
排成人字长阵，
不畏寒流，拼命奋飞，
年年岁岁，
从不延误行期。
尤惹人爱恋称赞，
还是那硕笨棕熊家族，
它们海游能力不亚海兽，
千百余载，
它们携儿带女，
从堪察阿林渡海，
游遍北海，
再不停歇地
　　东进越海沟，

登上大靴子岛。
就如此世代
　　　往复地巡走，巡走，
吃在哪儿，
就住在哪儿，
吃饱喝足玩腻了，
再举家远行。
棕熊是世上
　　　最阔绰的自由天使，
无忧无虑，
个个胖得千斤之上，
相传北海棕熊骨
　　　可搭盖居室。
棕熊毫无固定洞窟，
它们四海为家，
优哉，游哉，
千里巡回，
蹒跚似塔，
群兽不敢欺。
大靴子岛名虽传古久，
然而，西林色夫和族众，
为刻记土民馈赐
　　　救命良方，
惠及百代。
把这座郁郁葱葱的
　　　海中盛境，
亲昵地称曰"苦乌"，
　　　或称"苦兀"。
"苦兀"岛的美名，
渐渐，蜚声海域，
耳濡目染，
常铭心中。

第九章 | 西林色夫，世代奉祀的东海神

嗬依罗罗，

嗬依罗——

海菊花芬芳开放，

其尔金雀纵情鸣唱，

在大海碧波荡漾的深处，

点点帆船驰进海中，

风驰电掣，

俨如利剑一般。

这是查彦都鲁部落

　　新开凿围拢成的扎卡大舟。

不过，最早的时候只靠四名、

八名、十名搬桨"海狼①"，

用尽了全身臂力和脚力，

拼命摇桨，

与激浪拼争，

与漩涡挣命，

与飓风厮殴，

与海鸥同鸣，

凭着一身热汗，

凭着一息尚存，

将生命的船儿推向海中。

因为"苦乌"东岸

　　便是无垠的连天东海，

---

① 海狼：是往昔对熟练驾驭海船人的俗称。

海中生存着
　　无数的鲑鱼群，
无数的黑海豹，
无数的小白鲸，
无数的黄海鳗，
无数的金盆蟹，
富饶的东海啊，
那是堆银铺金的宝仓。
自从西林色夫
　　——海中之子，
将莎吉巴那子孙
　　带领到这，
远比莎吉巴那故地
　　富庶千倍的福地，
生活日新月异。
航海业改变了
　　枯燥的猎业，
成为海上的巨人。
然而，像群鸟争食，
谁不想争抢高林呢？
像群兽争雄，
谁不想独占莽林呢？
像海中巨鲸，
谁不想霸有千顷海域？
弱肉强食，
争锋恃横，
都想在东海
　　青云直上，
窃据一隅，
无休止地期盼，
贪婪地奢求，
于是，使往昔一向
　　宁静的东海，

开始出现了漩涡，

激起了不尽的浪涛，

你争我夺，

你霸我抢，

尔虞我诈，

各显其长。

任何往昔初有的

　　信誉，诚意，

　　互助，怜悯，

　　扶持，共存，

完完全全被

　　一己私欲净抛殆尽。

　　"苦乌"东海

　　再没有了欢乐，

时时发生血并。

原来不少相亲的部落，

因占据"苦乌"不同的角落，

各霸一方，

有的虽海业繁盛，

有的虽猎业兴旺，

但相互间仍为山川、河流、

　　丘陵、海滩

　　发生混乱的抢掠。

强欺弱，

凶霸小，

各部男女老少，

常在不休的争锋中

　　成为可怜的亡命徒，

生者永世沦为

　　"阿哈朱子①"，

生命毫无保障，

---

① 阿哈朱子：对奴才们的泛称。

尸骨抛撒在
　　"苦乌"的东西南北。
荒原上可见
　　狼藉的颅骨,
三三两两,
何等凄凉,
昂仰着它那黝黑的骨眼窝,
苍茫无主,
哀怨谁怜?
向天穹无声地长泣,
经年累月,
日光、月光,
灿然照耀,
招来秃鹫群群,
扇呼着巨翅,
嘎嘎鸣叫,
惨不忍睹。
然而,尽管这样,
从外岛涉海寻宝的人,
依然源源不绝,
频繁增加了
　　岛上的紊乱,
火上浇油,
鏖战不息。
查彦吉妈妈
　　伤心地与
西林安班玛发说:
　　"应该急想良策,
不能久此下去。
'苦乌'应是
　　和平之岛,
不应成为
　　仇恨和血的象征。"

查彦吉妈妈的倡议

　　深深感动了

　　周围的人，

西林色夫

　　更是称赞不已，

但是，用什么良策

可平复天降的

　　血泪呢？

西林色夫

　　由衷赞成

查彦吉妈妈的话。

可是，岛上

烽烟滚滚，

哭声遍地，

野狼和棕熊，

被争杀生，

吓得在岛上

　　荒蒿中纵跑。

如何组织、

　　平乱族众，

确是棘手的要事。

聪明的西林色夫，

首先想到了

　　要平定争杀，

必须把岛上

　　零散的力量，

重新组织，

攥成拳头。

西林色夫和

　　查彦吉妈妈，

带着心腹们，

不辞辛苦，

百里跋涉，

躲过不听
　　训诲的争杀部落，
在风雨般的
　　飞箭、烈火中，
沿着海滨
　　徒步行走。
首先找到海岛
　　北角的穆林部。
说服了穆林首领
　　穆林汗玛发。
在穆林汗玛发
　　的帮助下，
平定了海岛
　　南角的莽嘎部。
在莽嘎汗帮助下，
收复了海岛中部的
　　依尔哈噶珊。
此刻，海岛西部
　　齐集湖畔，
柏母齐泰玛发
　　率海狮军三千，
打着火把，
乘坐帆舟，
骑着骏马，
趟过海沟，
冲进"苦乌"。
此时恰是深秋，
岛上红叶弥漫，
荒草连天，
顿时燃起遍岛巨火，
火借风威，
风助火势，
"苦乌"顿成

一片火坛，
染红了天，
烧红了云，
映遍"苦乌"
长靴岛，
海滨四面八方，
成为火的海，
烟雾弥漫的海，
顿时岛上的
所有生命，
将在这迷蒙的
火坛中化为焦灰。
西林色夫突然
为这事先预想不到的横祸，
惊恐万分。
事不宜迟，
若有半点迟疑，
"苦乌"将不堪设想。
在千钧一发之时，
想到莎吉巴那，
想到查彦都鲁汗，
想到所有
大大小小的部落，
想到所有
为争夺己利，
正在弱肉强食的部落。
不能再放手不管，
不能再伤害无辜，
他只身飞腾归入东海，
化成一只海中的巨蛟，
引来巨蛟三千，
带着滔天的海水
返回"苦乌"，

海浪像拍天铺地的水柱，
一泻百里，
从天上降落"苦乌"，
从此，"苦乌"的
　　巨火全熄灭了，
"苦乌"所有的
　　生命全被重洗了，
"苦乌"回到了
　　最远古、远古的宁静。
西林色夫以他无穷的神力，
在洪水中
　　拼命拯救被淹的人，
救活了
　　莎吉巴那许多族众，
救活了
　　查彦都鲁许多族众，
救活了
　　所有部落可怜的人。
在西林色夫的
　　全力相救下，
从深海中救出
　　查彦安班妈妈，
　　查彦吉妈妈，
　　查彦依兰妈妈，
被洪水卷走者
——只是贪婪、
自私、暴虐无度之人。
西林色夫
　　平定了岛乱后，
废寝忘食，
日夜忙碌，
瘦剩筋骨，
在所不辞，

一心扶助岛上的部族。
创制了扎卡大舟的
　　迎风大帆。
这是海民们
　　世代没有过的御海篷。
西林色夫凭着
　　素有的海神智慧，
在白海鸥众神诱导下，
到海岛沿滩去见识
　　野生"给玛""窝罗"①，
费尽心机寻得
　　三块野麻地。
大家都不认识野麻呀，
遍地开花，绿草如茵，
谁晓得"给玛""窝罗"
　　究竟啥长相啊？
急得女萨玛们直跺脚。
只听麻雀们说话了：
　　"西林玛发啊，
　　勤打听，多问啊，
　　你为何不找找
　　吃麻籽的小雀们呐？
　　它们是麻籽好'谙达②'啊！"
西林色夫如梦方醒，
马上领着众人们
观察麻雀行踪，
果然认出成片的野麻秸丛，
结满小黄穗子，香气扑鼻，
群群小雀上下翻飞，
喳喳叽叽，叫个不休，

---

① 给玛、窝罗：满语，均系满族民间对麻类的称呼。
② 谙达：满语，朋友。

蹦来蹦去，戏悦吵闹，
小肚子吃得饱饱的，还在
　　争啄着芬芳的小麻籽儿。
西林安班玛发
　　虔诚感谢神的恩赐，
领着查彦都鲁
　　三位女萨玛和族众们，
用磨得锋利的石刀，
俯身割取野麻，
一抱抱，一堆堆，
全都背回噶珊包，
像金黄黄的麻山。
西林色夫
请来了窝莫西妈妈①
　　传授织艺，
在山谷河中沤泡，
剥出白麻百捆。
又在海岛上
　　剥下海树皮，
鞣制纤丝。
西林安班玛发
深夜请来
　　蚕蛾女神，
用柳木棒，桦木杆，
刻出纺轮百枚，
用青纹石，红浪石，
磨出纺锤百枚，
在石板上捣啊捣，
捣出雪白的
　　长丝挂满柞林，
瞬间，全变成了

―――――――――

① 窝莫西妈妈：满族古老的育婴女神，同时，她又是子孙纺织麻衣诸物的传艺神。

266

　　缠制好的纤丝团儿。
一转眼就织出了
　　帆篷大布铺满海滩。
阿布卡依耶，
恩都力依耶，
安班萨比耶！　①
这是神造之物，
这是莎吉巴那
　　千古未见过的帆篷布啊，
人人大开了眼界！
在族中挑选壮汉子，
爬上老鹰抱崽的高崖，
砍来三十三根大桅杆，
缝制三十三张大船帆，
装置三十三条扎卡大舟。
从此，莎吉巴那
　　再不愁扎卡大舟
　　没有跨海翅膀。
大帆篷威风凛凛，
遮云盖日。
驾舟的尼雅玛啊，
迎着和煦海风，
唱着婉转情歌，
掣动十八股揽帆绳索。
骏马听人命，
舟帆遵缆行，
神采奕奕，
犹如天马行空。
熟能生巧，
百练益精。

---

　　①　阿布卡依耶，恩都力依耶，安班萨比耶：乃满族古老长歌中常有的咏叹辞，汉意是天哪，神哪，大吉祥啊！

莎吉巴那舟船，
篷帆数目愈增，
船行弥远，
有四扇、
六扇、八扇，
海中可用
　　八面飓风。
不论海风
　　从哪个方向吹来，
灵活自如的桅帆，
都能吸入海风，
成为它海中
　　飞翔的翅膀，
再不怕巨浪、汹涛、
旋风、海潮，
信步远航。
莎吉巴那的
　　扎卡大舟，
相传到过
　　堪察阿林、
　　楚科奇阿林、
　　阿依努海滨
　　和罗津、抚顺诸地。
　　"苦乌"大舟，
像海鸟飞遍
　　几大洲……
嗬依罗罗，
嗬依——罗罗——
嗬依罗罗，
嗬依——罗罗——
嗬依罗罗。
嗬依罗——罗——
罗——罗——

西林安班玛发，
在与族众磨制
　　　扎卡大舟上的
　　　铜雀信风雀，
——这是航海的向导。
在茫茫大海中，
不论遇到多大迷雾，
不论遇到何等暴风，
航桅上的
　　　铜雀信风雀，
都会展翅奋飞，
头永远指向固定方向，
鸣唱着向航海人勤报方向，
从不令大舟在海中徘徊不定，
　　　或遇灭顶之灾。
铜雀信风雀是
　　　用铜质煨成，
下部有铜环，
插在桅杆顶上，
可以灵活转动，
信风雀尾上
　　　带有彩色飘带，
便于航海人
　　　仔细观察。
这都是西林色夫
　　　巧手制成，
传世下来。
至今信风雀，
为后世海上人
　　　代代普遍使用。
它保护了
　　　海上的安全，
躲过海上难测的祸患，

保障四海皆兄弟，
友谊长存万古亲。
铜雀信风雀，
女真诸神们
　　喜尊称它是
　　"西林嘎斯哈"，
——即"西林雀"。
百年千载，
成了沿海民众
　　惯于常用的术语。

荷依罗罗，
荷依罗，
荷依罗罗，
荷依罗——罗——，
可敬的西林安班玛发
为救民惹下
　　难赎的祸端。
白海鸥神鸟
　　哀鸣着从海中飞来，
降下倾盆暴雨，
响起惊雷。
白海鸥神鸟传报：
东海女神
　　德力给奥姆妈妈，
恼怒西林色夫
擅用海水，
淹漫"苦乌"，
万灵遭难，
违犯神规，
速速敕令——
　　急返海宫受命。
西林安班玛发

在一片悲声中，
叩拜众位乡亲，
告别难舍难离的族人，
从此永世离开了莎吉巴那。
白海鸥神鸟
　　陪同西林色夫，
乘坐风车，
转瞬回到海宫，
拜见东海女神——
　　德力给奥姆妈妈。
女神说：
　　"我把你派到人间，
是为拯救
　　万牲逃脱苦海。
你该深悟吾意，
　　精心为民谋福，
处处爱民、怜民、
　　体民、护民，
民有小疵，诱之、
　　导之、谅之，
安可为一时之急，
枉施神力？
神威岂可滥施，
　　民何以哉？
惩治无辜，
使多少生灵
　　被你洪涛淹没，
悲兮，痛兮。
不能再留你在人间，
做一个镇海石吧，
长久静待海中
　　去阻碍大海的狂涛。"
从此，西林色夫

　　重归大海，
成为海底镇海石，
无声无闻，
百世千秋。
诸神的族人们，
永世不忘。
为永远纪念他，
萨玛每次祭祀，
不论大祭或小祭，
祭坛上都摆块

　　光辉灿烂的海石，
称"蒙温色安班玛发"，
后世也有用木刻成

　　银色长髯长发玛发，
供于神案上，
犹如西林安班玛发

　　坐在神堂上，
与子孙同享同乐，
江河万古流，
日月永光辉。
嗬依罗罗，
嗬依——罗罗——
嗬依罗罗，
嗬依——罗罗——

第十章 尾 歌

嗬依罗罗，

嗬依——罗罗——

嗬依罗罗，

嗬依——罗罗——

在长期的北方社会生活中，

西林安班玛发

　　成为东海窝稽部，

满族众姓萨玛神堂

　　奉祀不衰的一位主神。

在祖先祭祀、祭天、祭礼中，

在隆重而盛大的东海海祭中，

他与东海女神

　　德力给奥姆妈妈并位奉祀。

西林安班玛发

　　是生存神、智慧神、

　　技艺神、医药神，

东海至尊至上的神祇。

辽金以来，

千载未变。

家喻户晓，

赫赫显耀！

嗬依罗罗，

嗬依——荷罗罗——

嗬依罗罗，

嗬依——荷罗罗——

后　　记

　　满族萨满创世神话《天宫大战》《西林安班玛发》，以宏伟壮丽的天宫神魔鏖战场面、瑰丽神奇的故事情节和抑扬顿挫、铿锵有力的满语古调咏唱，生动地向人们讲述宇宙的起源、神魔的产生、人类的繁衍、原始信仰和崇拜观念的形成以及满族的先民举行萨满祭祀、祈福避灾、求安驱邪等民间习俗的由来。《天宫大战》用虚拟离奇的故事，曲折地记录了原始人类在征服自然过程中某些淳朴的社会意识，把自然和社会生活加以形象化而产生一种神奇的幻想。从这些神奇幻想的故事中可以折射出那个时代的真实情况。《天宫大战》《西林安班玛发》等满族创世神话，是满族及其先民千百年繁衍发展过程中所形成的具有鲜明民族特色的一种价值取向和思维方式。从这里我们可以追溯满族及其先民对英雄崇拜和祖先崇拜所产生的源头。所以，满族萨满创世神话是北方民族文化的渊源，极大地丰富了我国光辉灿烂的古神话宝库，被国内外学术界视为中国非物质文化遗产的稀世奇珍。

　　创世神话《天宫大战》，已在满族的先世女真诸部中产生深远影响，各部落、各氏族都传下了不同内容和形式的创世神话。早在二十世纪三十年代初，黑龙江省瑷珲县大五家子的富希陆先生，从"江东六十四屯"逃难来到孙吴县四季屯的白蒙古的地窨子中记录了以"玖腓凌"为主体的"天宫大战"创世神话。一九三六年前后，又从四季屯满族阎铁文之父处搜集到"天宫大战"的残本故事，后来关锁元之父和富姓满族老萨满富七太爷也向其讲述了祖传的"天宫大战"神话故事。富希陆先生将这些创世神话一一传给长子富育光，并做了详细记录。这次富育光根据先父传下的记录把这些神话故事原原本本地讲述出来。所以，本次出版的满族萨满创世神话《天宫大战》，实际是满族古神话的集锦。这些神话故事都是萨满一代一代口头传承下来的。二〇〇二年至二〇〇四年，笔者曾五次采访黑龙江省宁安市的满族说部传承人傅英仁先生，他亲自讲述了"老三星创世""阿布凯赫赫创造天地人""神魔大战"等五六篇创世神话的内容，傅老对笔者说："这些神话是我师傅关振川大萨满传授给我的，平时不外传，严禁泄密。"为使读者了解"天宫大战"内容之丰富、传播之广泛，附录了傅英仁先生讲述、张爱云整理的几篇精彩的神话故事，以飨读者。

富育光先生讲述"天宫大战"共录了两盘磁带（即两个小时），笔者根据录音下载进行整理。依据本丛书编委会制定的"忠实记录、慎重整理"的原则，笔者在整理《天宫大战》时，主要体现在复原上：一是恢复原讲述者用满语讲述的音韵，记录者富希陆先生由于当时条件所限，只能采用汉字标音的方法记录满语，由于时间久远，有不少记录稿已散失，很是遗憾；二是恢复原传承者用咏唱的形式讲述，汉译时只表现在句式的结构上，不追求押韵。原讲述在句与句之间有明显不连贯之处，疑是当年富希陆先生记录时有遗漏的话语，这次整理时没有动，保持原样。只是个别地方有前后矛盾之处，笔者略有处理，如"玖腓凌"中讲"雷神西思林也同风神西斯林女神一样，原来同是阿布卡恩都力的爱子爱女"，后面讲"禀赋暴烈的雷神弟弟向风神哥哥在索要爱妻呢！"，雷神和风神显然是哥俩，故把前面的"女神""爱女"删掉。

由于笔者能力有限，在整理中难免出现一些问题，敬请批评指正。

荆文礼
二〇〇八年十一月二十八日